KB046214

에드거 앨런 포 시전집

에드거 앨런 포 시전집

2016년 3월 3일 초판 1쇄 펴냄

펴낸곳 도서출판 **삼인**

지은이 에드거 앨런 포
옮긴이 김정환
펴낸이 신길순
부사장 홍승권
편집 김종진 김하얀
총무 함윤경

등록 2004.11.17 제313-2004-00263호
주소 120-828 서울시 서대문구 연희동 220-55 북산빌딩 1층
　　　　　(서울시 서대문구 성산로 312)
전화 (02) 322-1845
팩스 (02) 322-1846
전자우편 saminbooks@naver.com

표지 디자인 끄레어소시에이츠
제판 문형사
인쇄 수이북스
제책 은정제책

ISBN 978-89-6436-110-8 03810
값 12,000원

에드거 앨런 포 시전집
EDGAR ALLAN POE
(1809~1849)

김정환 옮김

차례

타메를란*

상냥한 위로라, 죽어가는 시간에!
그런 거, 신부님, 아니오 (지금) 나의 주제가—
내가 미치지 않고서야 생각하지 않겠지, 권능,
　　대지의 그것이 고해한들 사해주리라고, 나의 죄
　　지상의 것 아닌 자부심이 한껏 열중했던 그것을—
　　내게 없소, 망령 들거나 꿈꿀 시간이:
당신이 그걸 희망이라 부른다—그 불 중의 불을!
그것은 단지 욕망의 고통일 뿐:
내가 희망할 수 있다 한들—오, 하나님! 나 할 수 있어요—
　　그 샘은 더욱더 거룩합니다—더 신성하지요—
내가 당신을 바보라고 부르지 않겠지만, 노인장,
　　그런 거 아니오, 당신 선물은.

알 거다, 당신, 어떤 영혼의 비밀,
　　난폭한 자부심에서 허리 굽혀 치욕에 빠진 그것을,
오 갈망하는 심장! 내가 정말 물려받았노라
　　시들게 하는 너의 몫을, 명성으로,
그 지지는 영광, 내 왕좌의
보석들 한가운데 빛나던 그것,
후광, 지옥의 그것으로! 그리고 고통,
지옥조차 다시 나를 겁에 질리게 못할 그것으로—
오, 열망하는 심장, 저버린 꽃들과
내 여름날의 햇빛을 말이지!

죽지 않는 목소리, 그 죽은 시간의,
그 지루하게 긴, 시간을 알리는 차임벨로
울린다, 주문(呪文)의 참뜻으로,
너의 공허에—조종을.

나 언제나 지금 같지는 않았어:
열병 걸린 왕의 머리띠, 내 이마에 그것을
  내가 요구했고 획득했지, 찬탈로—
아니었던가 똑같은 격렬한 상속권이 준 것,
  로마를 시저에게—이것을 나에게?
    유산, 왕다운 심성의,
그리고 긍지 있는 영혼의, 열망해온,
    의기양양하게 인류와 함께 말이지.

산 흙에서 내가 처음 들이쉬었다, 생명을:
  태를레이의 안개가, 흘렸다
  밤마다 이슬을, 내 머리 위에,
그리고 내가 믿는다, 날개 달린 분쟁과
소요(騷擾), 곤두박이 대기의 그것이
깃들었다, 바로 내 머리카락에.

그토록 늦게 하늘나라에서—그 이슬—그것이 떨어졌다
  (어떤 사악한 날의 꿈 와중)
내 위에 지옥의 낌새로,
  다른 한편 빛의 붉은 번쩍임이
구름, 깃발처럼 임박한 그것들에서

보였다 내 반쯤 감은 눈에
　왕정의 화려 행사처럼,
그리고 깊은 나팔-천둥의 포효가
　덮쳤다, 서둘러 나를, 말해주었지
　　인간 전투에 대해, 그리고 거기서 나의 목소리,
　내 자신의 목소리, 철부지 애!ー부풀리고 있었다
　　(오! 어쩌나 내 영혼 기뻐하고,
도약했던지, 내 안에서 그 외침에)
승리의 전투 함성을!

비가 내렸다, 내 머리,
　노출된 그것 위로ー 그리고 그 억수가
　만들었다 나를 미치고 귀먹고 눈멀게.
오직 사람이, 내가 생각했다, 내리는 거다
　월계관을 내게: 그리고 그 쇄도ー
　차가운 공기의 마구 쏟아짐이
콸콸 소리 냈다 내 귀 속에서 분쇄,
　제국들의 그것을ー 포로의 기도와 함께ー
청혼자들의 웅얼거림ー 그리고 아양 떠는
어조, 군주 왕좌 둘레의 그것과 함께.

나의 열정이, 그 불운한 순간부터,
　찬탈했다 학정, 사람들이
여겨왔던 그것을, 왜냐면 내가 달했다 권력에,
　나의 타고난 본성에ー 그대로 둘 밖에:
　그러나, 신부, 살고 있었오, 한 사람 그가, 그때,

그때 — 나의 유년에 — 그 불이
  갈수록 더 강렬한 백열로 탈 때
(왜냐면 정열은 필히, 청춘과 함께, 꺼지는 것)
  심지어 그때 그가 알았고, 이 쇠심장한테
  여인의 허약함이 짝이라는 것을.

나한테 없오, 말 — 아아 — 말해볼,
제대로 사랑하는 것의 사랑스러움을 말이지!
또한 이제 내가 시도할 생각 없소, 추적하는 일,
그 아름다움 이상(以上), 어떤 얼굴의,
그 윤곽, 제게 떠오르는 바,
그 윤곽들이 — 불안정한 바람 위 그림자였던 그것을:
그렇게 기억컨데 내가 곱씹었지
  초기 전승의 몇몇 페이지를,
빈둥거리는 눈[目]으로, 급기야 내 느꼈고
그 글자들이 — 그 의미와 함께 — 녹아
  환상이 되는 것을 — 아무도 없이.

오, 그녀 값했다 온갖 사랑에!
  사랑 — 아기 때 나의 것이었듯이 —
이었다 그것, 하늘의 천사 마음이
  부러워할 만한; 그녀의 어린 가슴 사당이었다,
거기서 나의 모든 희망과 생각이
  분향이었고 — 그 당시 훌륭한 선물,
    그들 어린아이답고 올바랐으니까 —
순수했지 — 그녀의 어린 본보기가 가르쳤듯이:

왜 내가 떠났지 그것을, 그리고, 정처 없이,
　　의지했지, 내부의 불에, 빛 대신에?

우리 늘어났다 나이가— 그리고 사랑이 — 함께—
　　돌아다녔지 숲과, 야생의 자연을;
내 가슴이 그녀의 방패, 겨울 날씨에—
　　그리고, 정다운 햇빛이 미소 짓고,
그녀가 열리는 하늘에 주목했을 때,
나 보이지 않았다, 어떤 하늘나라도— 그녀 두 눈 속에 말고는.

어린 사랑의 첫 교훈은— 심장:
　　왜냐면 그 햇빛과, 그 미소 한가운데,
때는 우리의 하찮은 근심 접어두고,
　　그녀의 소녀다운 엉큼을 비웃어주며,
내가 나를 그녀의 두근대는 젖가슴에 던지고,
　　내 영혼을 눈물로 쏟아부을 때—
없었다, 나머지를 말할 필요가—
　　없었다, 아무 필요, 진정시킬, 그녀에 대한 나의
어떤 두려움도— 그녀가 어떤 까닭도 묻지 않고
그냥 내게 돌렸으니, 그녀의 고요한 두 눈을 말이지!

그렇지만 사랑에 값하는 것 *이상(以上)*으로
내 영혼이 싸웠고, 갈망했다,
그리고 그때, 산꼭대기에서, 홀로,
야망이 그것에 새로운 음조를 부여했을 때—
나 없었다, 아무 존재도— 네 안에서 밖에는:

세상, 그리고 그것이 포함한 지상
모든 것─ 공기─ 바다─
　그 기쁨─ 그것의 작은 고통 몫,
새로운 기쁨이었던─ 그 이상(理想)
　희미한, 헛됨, 밤중 꿈의─
그리고 더 흐린 허영, 실제였던 그것들이─
　(그림자들─ 그리고 더 그림자 같은 빛 하나!)
나뉘었다 그 안개 같은 날개들 위에서,
　　그리고, 그리하여, 혼란에 빠져, 되었다
　　너의 이미지와─ 하나의 이름─ 이름이!
두 개의 분리된─ 그렇지만 아주 친밀한 것들이.

나 야망이 있었다─ 아시었오
　그 정열을, 신부? 당신은 몰랐소:
오두막에 살았으나, 내가 표시했소, 왕좌,
세상의 반을 내 것으로 하는 그것을,
　그리고 중얼거렸지 이토록 비천한 운명에─
그러나 다른 어떤 꿈이나 꼭 마찬가지로,
　이슬의 훈김으로
내 자신의 꿈 지나갔으나, 그러지 않았오, 그 광선,
　아름다움의 그것은 정말 그 순간─ 시간─ 그 날을 보내며
억눌렀거든,
내 마음을 두 겹의 사랑스러움으로,

우리가 걸었다 함께 왕관,
높은 산의 그것을 그 산 내려다보았고,

멀리 그 당당한 자연의 탑,
　바위와 숲의 그것에서, 언덕들을—
그 위축된 언덕들! 나뭇가지들로 그늘지고
　천의 실개천들로 외치는.

내가 말했다 그녀에게 권력과 자부에 대해,
　그러나 신비스럽게도—그 변장이
그녀가 그것을 기껏해야
　순간의 대화쯤으로 여기게끔; 그녀 눈에서
내가 읽었다, 아마도 너무 태평하게,
　어떤 느낌, 내 자신 것과 뒤섞인 그것을—
홍조, 그녀의 밝은 뺨에 그것이, 내게
　어울리는 것 같았다 왕비 자리에
너무나 잘. 그래서 내가 할 밖에 없었다 그것이
　빛이게, 그 황무지에 홀로.

내가 감쌌다 나를 장엄으로 그때
　그리고 썼다 환영(幻影)의 왕관을—
　　그렇지만 그것은 환상이
　　제 의상을 던진 것이 내 위로 아니라—
왁자한 무리 사이여서였다 —사내들,
　사자 야망이 사슬에 묶이지—
그리고 쭈그려 앉는다 사육사 손짓에—
그렇지 않다 사막에서는 거기서 웅장한 것들—
야생의 것들— 끔찍한 것들이 공모하니까
그것들 자신의 숨으로 그것의 불 부채질을.

둘러보라 주변을 이제 사마르칸트에서! ―
　그녀가 아닌가 대지의 여왕이? 있지 않나 그녀의 긍지
모든 도시들 위에? 있지 않나 그녀의 손에
　그들의 운명이? 그 모든 것,
세상이 알아 온 영광의 그것 곁에
서있지 않나, 그녀가 고결하게 또 홀로?
내리며 ― 그녀의 바로 그 디딤돌이
이루게 될 거였다 왕좌의 받침대를 ―
그리고 누군가 그녀의 군주가? 티무르 ― 그였다,
　경악한 사람들이 본,
성큼성큼 걷는 것을, 제국들 위로 오만하게
　왕관 쓴 무법자 하나가 말이지!

오, 인간의 사랑! 너 정신 ― 주어진,
지상에, 우리가 천국에서 희망하는 모든 것이!
영혼 속으로 내리는, 비가
열풍에 식은 평원에 내리듯이,
그리고 네 권력으로 축복하는데 실패,
심장을 황무지로 방치할 뿐인!
생각! 생을 둘러 묶는,
그토록 이상한 소리의 음악과
그토록 사나운 탄생의 아름다움으로 말이지
작별이다! 왜냐면 내가 얻었노라 대지를.

희망, 그 높이 솟아 있던 독수리가, 하늘에 자신 너머

아무 낭떠러지도 볼 수 없을 때,
그의 날개 굽혀졌다 풀 죽으며—
　그리고 집 쪽을 돌아보았다 그의 누그러진 눈이.
황혼이었다: 태양이 떠날 참일 때
온다 마음의 언짢음이
그에게 그가 여전히 보고 싶은 거다
영광, 여름 해의 그것을.
그 영혼 미워할 것이다 저녁 안개,
그토록 자주 사랑스웠던 그것을, 그리고 귀기울일 것이다
오는 어둠의 소리(알고 있다
정신이 귀기울여 듣는 이들이)에 한 사람,
밤의 꿈속에, 날아서 가까운 위험을
벗어나고 *싶으나 그럴 수 없는* 한 사람으로.

상관없다 달— 하얀 달— 이
제 절정의 그 모든 광휘를 흘린다 한들
그 미소 쌀쌀하다— 그리고 그 광선,
그 황량의 시간에, 보일 것이다
(너무나 비슷하게 네가 거두어들이지 숨을)
죽음 이후 그려진 초상화처럼.
그리고 어린 시절이 여름 해다,
그 이지러짐이 가장 황량한 것인.
왜냐면 우리가 살다 아는 것 모두 알려져 있고,
우리가 간직하려는 모든 것 날아가버렸다.
그냥 두라 생을, 그렇다면, 핀 날 시드는 꽃처럼, 몰락하도록
그 한낮의 아름다움과 함께— 그것이 전부이니.

내가 도착했다 내 집에—더 이상 내 집 아니지—
　왜냐면 모두 달아났다 그것을 그렇게 만든 자들.
내가 지났다 밖에서 그 이끼 뒤덮인 문을,
　그리고 내 발소리 부드럽고 낮았지만,
목소리 하나 왔다 문지방돌에서
내가 전에 알았던 자의 그것—
　오, 해볼 테냐, 지옥이여, 보여보라
　저 아래 타는 불의 침대 위
　더 초라한 심장—더 깊은 비통을.

신부, 내가 정말 확고하게 믿소—
　내가 *알지*—왜냐면 죽음, 나를 찾아
　　멀리 그 축복의 영역,
속일 것 전혀 없는 그곳에서 오는,
　죽음이 열어두었소 자신의 쇠대문을 약간,
　그리고 진실의 광선, 당신 눈에 안 보이는 그것들이
　번개처럼 스칩니다 영원을—
참으로 에블리스**가 놓았지요
덫을 인간의 길마다에—
아니면 어떻게, 그 거룩한 숲에서
내가 벗어났겠소, 그 우상, 사랑을,
그것이 매일 풍겼는데, 자신의 눈 덮인 날개로
가장 오염 안 된 것들의
번제물 향을
그것의 기분 좋은 나무 그늘 아직도 그 갈라진

위가 천국에서 온 광선의 격자라서,
아주 작은 티끌도 피할 수 없는데— 조금도 달아날 수 없는데—
번개, 그 독수리 눈의 그것을 말이지—
어떻게 그 야망이 슬며시 다가왔을까,
　눈에 안 띄게, 거기 흥청거리며 노는 와중,
급기야 대담해져서, 그가 웃고 뛰어들었을까,
　뒤얽힘, 사랑의 바로 그 머리카락의 그것에?

* 절름발이 티무르.
** 이슬람 신화 마왕.

노래

내가 보았다 그대를 그대 결혼 날—
  불타는 홍조가 그대에게 들었을 때에,
비록 행복이 그대 둘레에 놓여 있었지만,
  세상이 모두 사랑, 그대 앞에:

그리고 그대 눈 속 불붙이는 빛 하나
  (그게 무엇이든)
모두였다 대지에서 나의 쑤시는 시력,
  사랑스러움의 그것이 볼 수 있는.

그 홍조, 아마도, 처녀 부끄러움이었다—
  그렇게 치는 게 마땅하지—
비록 그 백열이 일으켰지만, 더 격렬한 불꽃을
  그의 가슴속에, 아아!

왜냐면 그가 보았다 그대를 그 결혼 날,
  그 깊은 홍조가 그대에게 들려고 할 때에,
비록 행복이 그대 둘레 놓여 있었지만,
  세상이 모두 사랑, 그대 앞에.

꿈 (1)

오! 내 젊은 생이 지속되는 꿈이었다면!
내 정신 깨어나지 않고, 급기야 광선,
영원의 그것이 내일을 데려오고.
맞아! 비록 그 오랜 꿈의 성분이 희망 없는 슬픔이었지만,
더 나았다 차가운 현실,
깨어 있는 생의 그것보다. 그, 심장이 마땅히 지금
그리고 이제까지도 사랑스런 대지 위에서,
깊은 열정의 혼돈인 자, 태생이 그런 자에게는.
그러나 정말 그것이—그 꿈들, 영원히
계속되는—꿈들이 내게 그랬던 것처럼
내 어린 소년 시절에 말이지—그것이 그렇게 주어질 것이면,
바보짓이었다 여전히 더 높은 천국을 희망한다는 거.
왜냐면 내가 한껏 즐겼다. 태양이 밝던
여름 하늘에, 꿈, 살아 있는 빛과
사랑스러움의 그것들을.—놔두었다 내 심장 바로 그것을
내 상상의 기후에, 떨어져,
내 자신의 집으로부터, 내 자신 생각의
산물이었던 존재들과 함께 말이지—무엇을 더 내가 볼 수 있었나?
그것은 한 번이고—그리고 단 한 번—이었고 그 사나운 시간이
내 기억에서 사라지지 않을 것—어떤 권능
혹은 주문(呪文)이 묶은 터였다 나를—쌀쌀한 바람이
덮쳤지 나를 밤에, 그리고 남겼다
제 이미지를 내 정신에—혹은 달이

빛났다 내 잠 위에 제 드높은 한밤중으로
너무 차갑게—혹은 별들이—그것이 무엇이든,
그 꿈이 그 밤 바람 같았다—통과.
나 *이제껏* 행복했다, 비록 오직 꿈속에서지만.
나 이제껏 행복했다—그리고 내가 사랑한다 그 주제:
꿈들! 삶으로 생생하게 착색되기,
마치 덧없이, 어둑히, 부옇게 다투는 것과도 같은
겉모습을 현실과, 그것이 가져오고,
제정신 아닌 눈에다, 더 사랑스러운 것들,
젊은 희망의 자신의 가장 화창한 시간에 알았던 것보다 더 말이다.
천국과 사랑의,—그리고 모두 우리 것! 인 것들을,

죽은 자 유령들

I
네 영혼이 보니 그 자신 홀로일 게다
잿빛 묘석의 어두운 생각들 와중—
어느 하나, 그 모든 무리 중, 엿보지 않는다
네 비밀의 시간을.

II
입 다물라 그 고독으로,
  그것 외로움 아니니— 왜냐면 그때
죽은 자 유령들, 살아생전
  네 앞에 섰던 그들 다시
죽어서 네 주변에 있다— 그리고 그들의 의지가
무색케 하리라 너를: 입 다물라.

III
밤이, 청명하지만, 눈살 찌푸리리—
그리고 별들 내려다보지 않으리
그들의 천국 높은 왕좌에서,
희망처럼 필멸 인간들에게 주어진 빛으로—
오히려 그들의 붉은 궤도가, 광선 없이,
너의 지겨움에 보이리
어떤 불탐과 열병,
네게 영원히 달라붙으려는 그것처럼.

IV

이제 있다 생각들, 네가 추방하면 안 되는,
이제 있다 환영들, 결코 사라지지 않을;
너의 정신에서 그것들 사라지지 않는다
더 이상 ─ 이슬방울이 풀에서처럼.

V

산들바람 ─ 하나님의 숨 ─ 이 고요하다 ─
그리고 안개, 언덕 위에,
어둑하다 ─ 어둑하다 ─ 그렇지만 온전하다,
상징이고 증표지 ─
어떻게 그것이 나무들에 귀기울이는지,
신비 중에서도 신비!

저녁 별*

여름의 절정이었고,
  밤의 한가운데 시간이었다;
그리고 별들, 자기들 궤도에서,
  빛났다 창백하게, 빛,
더 밝은, 차가운 달의 그것 뚫고,
  행성들 달의 노예들 사이,
달 자신, 천국에,
  달 광선, 파도 위에.
  내가 응시했다 잠시
  달의 차가운 미소를;
너무 차갑다― 너무 차갑다 내게.
  거기 지나갔다 수의처럼,
  뭉게구름이.
그리고 내가 몸 돌려 너를 향했다,
  위풍당당한 저녁 별,
  네 영광으로 멀리 있는,
그리고 더 소중하게 되리라 너의 광선;
  왜냐면 기쁨이다 내 마음에
  그 위풍당당 역할.
네가 밤에 천국에서 감당하는 그것이,
  그리고 더 내가 예찬한다
  너의 먼 불을
저 더 차가운, 낮은 빛보다 더.

* 저녁 무렵 서쪽 하늘의 금성. 개밥바라기.

24

꿈속의 꿈

받으라 이 입맞춤을 이마에!
그리고 이제 너와 헤어짐에,
이만큼을 내가 공언하마—
네가 틀리지 않았다, 왜냐면 네가 생각한다
나의 나날이 꿈이었다고;
하지만 희망 날아가버린 것이
하룻밤에 혹은 하루 낮에란들,
환영으로, 혹은 아무도 아님으로인들,
그것이 그러므로 덜 *사라졌나*?
모든 우리가 보거나 겉보이는 것
은 불과하다 꿈속의 꿈에.
내가 선다 포효,
큰 파도에 고통 받는 해변의 그것 한가운데,
그리고 내가 쥔다 손안에
황금 모래알들을—
너무나 적다! 하지만 어찌나 그것들 살금살금 움직이던지,
내 손가락들 지나 깊숙이,
내가 우는 동안—내가 우는 동안 말이지!
오 하나님! 제가 움켜쥘 수 없나요
그것들을 좀더 꽉?
오 하나님! 제가 구할 수 없나요
한 알을 그 무자비한 파도에서?
모든, 우리가 보거나 겉보이는 것이
불과한가요 꿈속의 꿈에?

연(聯)들

어찌나 자주 우리가 까먹는지 예나 지금이나, 쓸쓸할 때
예찬하면서, 자연의 보편적 왕좌를;
자연의 숲—자연의 황무지 — 강렬한
답장, 자연이 우리의 지능한테 보내는 그것을 말이지!

I
어릴 때 내가 알았다 한 사람, 대지가,
비밀리에, 친교 유지했던 사람을 — 그가 대지와 그랬듯이,
낮에, 그리고 그의 태생적인 아름다움으로:
그리고 그의 열렬한, 명멸하는 횃불, 생의 그것이 켜졌다
태양과 별들로부터, 그리고 그곳에서 그가 끌어낸 터였다.
정열적인 빛을 — 그의 정신에 알맞는 류 —
그렇지만 그 정신이 알지 못했다 — 시간,
그 자신의 열렬의
그것에 — 무엇이 그것을 지배하는지.

II
아마도 내 마음을 열병 앓게
만든 것이 임박한 월광일 수 있다,
그러나 나 반쯤 믿겠다 그 사나운 빛, 고대 전승들이
얘기한 어떤 것보다 더 최상권력
투성이인 그것을 — 아니면 생각투성이였나,
그 구체화 안 된 본질, 그 뿐이고,

26

재촉하는 주문으로 정말 우리 위를 지나가기
밤 시간의 이슬이, 여름 풀 위를 그러는 것과도 같은?

III
정말 우리 위로 지나가나, 때는, 팽창하는 눈이
사랑하는 대상 향하듯— 그렇게 눈물이 눈꺼풀로
출발하려 할 때, 최근 무관심으로 잠잤던 그것이?
그렇지만 그것 구태여— 그 대상— 숨겨질 필요 없다
우리한테서 생에— 오히려 흔하지— 그것 정말 놓여 있다
매(每)시간 우리 앞에— 그러나 *그때* 오직, 말한다,
이상한 소리로, 마치 끊어진 하프 줄의 그것으로,
말하여 깨운다 우리를— 그것이 상징이고 증표다,

IV
다른 세상들에 있게 될 것의— 그리고 준다
아름다움으로 우리의 하나님이, 오직 그들,
그렇지 않으면 생과 천국에서 추락할 이들에게만,
끌어당겨져, 그들 심장의 열정한테 말이지, 그리고 그 음조,
갈망한 적 있는 정신의 높은 그것에게만,
비록 믿음— 신성— 으로는 아니었으나 그 왕좌를
필사적인 에너지로 정신이 때려 부순 음조;
그것 자신의 깊은 감정을 왕관으로 쓰면서 말이다.

꿈 (2)

시력, 어두운 밤의 그것으로
  내가 꿈꾸었다 지나간 기쁨을,
그러나 깨어 있는 꿈, 생과 빛의 그것이
  나를 상심한 상태이게 하였다.

아! 무엇이 백일몽 아니겠는가,
  그, 두 눈이 자기 주변 사물을
바라보는 그 광선이
  과거로 돌려져 있는 사람한테?

그 거룩한 꿈―그 거룩한 꿈,
  모든 세상이 꾸짖고 있는데,
기분 좋게 했다 나를 하나의 사랑스러운 광선처럼
  하나의 외로운 정신, 인도하는 그것처럼.

어떠랴 그 빛이, 폭풍우와 밤 뚫고,
  그토록 몸을 떨었다 한들, 멀리서부터,
무엇이 더 순수하게 밝을 수 있나
  진리의 낮-별로?

"가장 행복한 날, 가장 행복한 시간"

가장 행복한 날— 가장 행복한 시간,
　내 그슬리고 말라버린 심장이 알았던 그것,
가장 드높은 희망, 자부와 권력의 그것,
　날아가버린 느낌이다.

오 권력! 이라고 했나 내가? 그렇다! 그런 것 같다;
　하지만 그것들 사라진지 오래다, 아아!
내 청춘의 환상들이 무엇이었냐면—
　하지만 통과.

그리고 자부여, 무엇이 내게 있나 너로 하여?
　또 다른 이마가 물려받을 수도 있었다
그 독(毒), 네가 내게 쏟아부은 그것을—
　진정하라, 나의 정신!

가장 행복한 날— 가장 행복한 시간,
　내 눈이 보게 될— 본 적 있는 그것,
가장 밝은 눈짓, 자부와 권력의 그것,
　내 느낌에— 있었다:

그러나 그 희망, 자부와 권력의 그것이
　이제 주어진다 한들, 그 고통,
그때도 내가 느꼈던 그것으로— 그 가장 밝은 시간을

나 살고 싶지 않다 다시:

왜냐면 그것의 날개에 실린 것 어두운 합성물이었고,
  그것이 퍼덕이자 — 떨어졌다
어떤 진수(眞髓)가 — 강력하여 파괴했다
  한 영혼, 그것을 잘 아는 한 영혼을.

호수: ─에게

청춘의 봄에 나의 몫은
출몰하는 거였다 그 넓은 세상 가운데 한 장소,
그렇다고 내가 덜 사랑할 수 없었던 그곳에─
너무나 사랑스러웠다 외로움,
어떤 야생 호수의 그것이, 검은 바위에 묶여,
키 큰 소나무들이 주변에 치솟았고.

그러나 밤이 던졌을 때, 그녀의 관(棺)보를
그 장소 위에, 모두 위에인듯,
그리고 신비한 바람이 지나갔을 때
가락을 웅얼거리면서 말이다.
그때─아, 그때─나 깨어나곤 했다
공포, 혼자인 호수의 그것에.

하지만 그 공포가 경악 아니라,
떨리는 기쁨이었다─
어떤 느낌, 보석 박힌 광산이
나를 가르치거나 뇌물 먹여 정의케 할 수 없는─
사랑도─비록 사랑이 너의 것이었다 해도.

죽음이 있었다 그 유독한 파도에,
  그리고 그 심연에 무덤 하나, 알맞았지
  그, 거기서 위안을 가져와

자신의 홀로 상상에 줄 수 있는 자한테,
자신의 고독한 영혼이 만들 수 있는 자한테,
에덴동산을, 그 흐린 호수 갖고 말이다.

소네트―과학에게

과학이여! 진정한 딸이다 옛 시절의, 너는!
　바꾸잖니 모든 것을 네 응시하는 눈으로.
왜 잡아먹느냐 네가 이렇게 시인의 심장을,
　독수리여, 네 날개가 아둔한 현실인데?
어떻게 그가 사랑하겠나 너를? 혹은 어떻게 널 현명타 하겠나,
　네가 그를 그냥 놔두지 않는데, 헤매며
보석 박힌 하늘에서 보물 찾게끔,
　그가 담대한 날개로 높이 치솟았음에도?
네가 끌어내리지 않았나 다이애나를 그녀 수레에서?
　그리고 하마드리아데스*를 숲에서 몰아내어
찾게 하지 않았나 은신처를 어떤 더 행복한 별에서?
　네가 찢어내지 않았나 나이아드*를 그녀의 연못에서,
꼬마 요정을 초록 풀밭에서, 그리고 내게서
여름 꿈, 타마린드 나무 바로 밑 그것을?

* 그리스 신화 나무 요정과 물의 요정.

알 아라프*

1부

노! 지상의 아무것도, 광선,
(꽃에서 되던져진) 아름다움의 눈[目]의 그것 말고는,
낮이 체르케스**의 보석들에서
튀어나오는 그 정원들에서처럼 —
오! 지상의 아무것도, 그 오싹함,
삼림 지배 실개천의 그것 말고는 —
혹은(음악, 가슴이 열정인 자들의)
기쁨의 목소리, 너무나 평화롭게 떠났기에
조가비 속 속삭임처럼,
그 메아리가 거주하고 앞으로 거주할 그것 말고는 —
오, 아무것도, 우리들의 쇠똥 중에서는 —
그 모든 아름다운인데 — 그 모든 꽃들인데,
우리 사랑을 열거하고, 우리 정자를 덮는 —
장식할 수 없다 멀리, 멀리 떨어진 저 세상 —
떠도는 별을.

달콤한 시간이었지 니세이스에게 — 왜냐면 거기
그녀 세상이 놓여 있었다 나른히 황금빛 대기 위에,
네 개의 밝은 태양들 근처 — 임시 휴식처 —
오아시스 하나, 축복받은 이들의 사막 속에.
떨어져 있는 — 떨어져 있는, 광선의 바다 한가운데, 그것이 뒤집어

씌우고,

　　최고천(最高天)의 광휘를, 사슬 벗은 영혼에 온통―
　　영혼, 가까스로(큰 물결들 너무 빽빽하다)
　　허우적거리며 자신의 예정된 고지에 달한 그것에―
　　먼 천체들로, 이따금씩, 그녀가 타고 갔다,
　　그리고 늦게 우리의 천체로, 하나님의 총애받는 하나에로―
　　그러나, 지금, 지배자, 닻 내린 영역의,
　　그녀가 포기한다 홀(笏)을― 버린다 전투모를,
　　그리고 향과 드높은 영적 찬가들 한가운데,
　　씻는다 네 겹의 빛으로 그녀의 천사 팔 다리를.

　　이제 가장 행복한, 가장 사랑스러운 존재, 저 사랑스러운 대지에서,
　　바로 거기서 갑자기 '아름다움의 개념' 태어났는 바,
　　(떨어지면서, 화환들로, 숱한 깜짝 놀란 별들 통해,
　　진주들 사이 여인의 머리카락처럼, 급기야, 멀리,
　　그것이 내렸다 아카이아 언덕에, 그리고 거기 살았다),
　　그녀가 들여다보았다 무한을― 그리고 무릎 꿇었다.
　　뭉게뭉게 구름들이, 덮개용으로, 그녀 돌돌 감았다―
　　알맞은 상징, 그녀 세상의 본보기의―
　　오직 아름다움으로만 보이는― 방해하지 않는, 다른
　　아름다움이 빛을 통과하며 반짝이는 광경을 말이지―
　　화환 하나, 각각의 별 모양 주위를 휘감은,
　　그리고 그 모든 오팔의 대기, 색으로 묶인.

　　최대한 서둘러 그녀가 무릎 꿇었다 침대,
　　꽃들의 그것 위에: 백합들이었지, 머리를

아름다운 카포 데우카토에게 들어올리고, 너무나
열심히 뛰어 매달릴 참인 것이
그 날아가는 발걸음― 깊은 자부심―
그녀, 필멸 인간을 사랑한 그녀의 그것이라― 그렇게 죽었던 류(類)
의.
세팔리카***가, 어린 벌들로 싹을 틔우며,
올렸다 제 자줏빛 줄기를 그녀 무릎 둘레에:
그리고 보석 같은 꽃, 트라페주스**** 산(産)으로 잘못 명명된―
동거인, 최고 별들의, 거기서 처음 그것이 창피를 주었고,
다른 모든 사랑스러움한테 말이지: 제 꿀 이슬
(전설적인 넥타, 이교도들이 알았던)
정신 혼미할 정도로 달콤한, 그것이 떨어졌다 천국에서,
그리고 내렸다 정원, 용서받지 못한 자들의,
트라페주스에 있는 그것들에― 그리고 태양의 꽃 위에,
그 꽃 하늘의 그것 자신과 너무나 닮아, 이 시간까지,
여전히 남아 있고, 고문하면서, 벌을
광기와, 예사롭지 않은 몽상으로 말이지:
천국과, 그 모든 주변에서, 잎사귀와
꽃, 그 요정 식물의 그것들이, 암담한
슬픔으로 서성댄다― 슬픔, 고개 숙인,
뉘우치면서, 어리석음, 충분히 멀리 달아난 그것을,
들어올리며, 제 하얀 젖가슴을 그 온화한 대기에,
마치 죄지은 아름다움, 정화(淨化)한, 더 완전한 그것처럼 말이지:
야향화(夜香花) 또한, 성스럽기 빛, 두려워 자신이
향기롭게 못하는 그것과도 같이, 밤을 향기롭게 하며:
그리고 클리티아*****, 숱한 태양 사이 곰곰 생각하는,

그러는 동안 심통 난 눈물이 제 꽃잎 아래로 흐르고:
그리고 저 염원하는 꽃, 훌쩍 대지에 올라탔던—
그리고 죽었던, 그리고 간신히 탄생 속으로 높여진,
터트리며, 자신의 냄새나는 심장을, 날아서
천국 가려는 정신으로, 왕의 정원에서 말이지:
그리고 거머리 말 연(蓮), 저리 날려간,
싸우다가, 론 강물과 말이지:
그리고 너의 아주 사랑스런 자줏빛 향기, 자킨토스 섬!
황금의 섬!—동방의 꽃!
그리고 연 꽃봉오리, 영원히 떠가는,
인도 큐피드와 함께 그 거룩한 강 하류로 말이지—
아름다운 꽃들, 그리고 요정! 맡겨진 일이
여신의 노래를, 향기로, 천국까지 올려가는 것인:

　　"정신! 주거지가 바로,
　　　　깊은 하늘 속,
　　끔찍한 것과 공정한 것이
　　　　아름다움으로 경쟁하는 곳인!
　　파랑의 선 너머—
　　　　그 선이 경계지, 별의,
　　몸을 돌리는, 보이면,
　　　　네 장벽과 네 빗장이 말이다—
　　그 장벽, 넘어간
　　　　혜성들이 추방된,
　　자기들의 자부심과 자기들의 왕좌에서
　　　　추방되어 최후까지 단순 업무 보는 자들인 그것이 말이

다—

　　불을 나르는 자들인,

　　　　(빨간불, 그들 심장의)

　　속도, 지치지 않을 수 있는 그것과

　　　　고통 떨어지지 않을, 그것으로 말이다—

　　그리고 그들이 산다—그것을 우리가 안다—

　　　　영원 속에—우리가 느낀다—

　　그러나 그늘, 그들 이마의 그것을

　　　　어떤 정신이 드러내게 될 것인가?

　　비록 그 존재들, 당신의 니세이스,

　　　　당신의 전령이 알았던 그들이,

　　꿈꾼 것 당신의 무한 대신

　　　　그들 자신의 본보기였으나—

　　당신 뜻 이뤄졌습니다. 오, 하나님!

　　　　별이 잘 나갔지요

　　숱한 폭풍우 뚫고, 그러나 그녀가 높이 오른 곳

　　　　당신의 불타는 눈 아래였습니다;

　　그리고 이렇게, 생각으로, 당신께—

　　　　생각, 혼자 힘으로

　　당신의 제국에 오르고 그렇게

　　　　당신 왕좌의 동반자 될 수 있는 그것으로—

　　날개 달린 공상 통해

　　　　제 대사 임무가 정해집니다.

　　비밀이 지식 될 때까지,

　　　　천국의 주변 환경에서 말입니다."

그녀가 그쳤다― 그리고 물었다 그런 다음 그녀

불타는 뺨을 창피하여, 거기 백합들 한가운데, 그리고 찾았다

피할 곳, 그분 눈의 백열을 말이다:

왜냐면 별들이 몸 떨었다 신성(神性)에.

그녀가 꼼짝하지 않았다― 숨 쉬지 않았다― 왜냐면 목소리 하나 거기서

어찌나 장중히 스며들고 있었는지 고요한 대기 구석구석을!

침묵의 소리 하나, 깜짝 놀란 귀에,

꿈꾸는 시인들이 "천체의 음악"이라 명명하는.

우리 것은 말들의 세상이지: 고요를 우리가 부른다

"침묵"이라고― 그것이 가장 하찮은 말이고.

모든 자연이 말하고, 관념적인 것들도

퍼덕거린다 그림자 같은 소리를 환영의 날개에서―

그러나 아! 그렇지 않지 혹시, 이렇게, 드높은 영역에서

영원한 목소리, 하나님의 그것이 지나가고,

붉은 바람들이 하늘에서 시드는 중이라면!

"어쩌랴 세상 앞 못 보는 순환들이 운행하는 그것에서,

연결되어, 하나의 작은 체계와, 하나의 태양에게 말이지―

모든 나의 사랑이 어리석음이고, 군중이

여전히 나의 공포를 뇌운,

폭풍우, 지진, 그리고 대양―분노에 불과하다 생각하는 곳에서

(아! 그들이 가로 막을까, 나의 더 화난 길을?)

어쩌랴 세계, 단 하나 태양을 소유한 그것에서

시간의 모래가 흐르며 점점 더 흐려진다 한들,

당신 것이다, 나의 찬란, 정해진,

내 비밀들을 상위(上位) 천국으로 실어가게끔 말이지.

세입자 없게 두시라 당신의 수정 집을, 그리고 날으시라,
당신의 모든 수행원 데리고, 달의 하늘과 어긋나게ㅡ
따로 떨어져ㅡ 시칠리아 밤의 반딧불이들처럼,
그리고 날아가시라 다른 세상 다른 빛에로!
누설하시라 당신의 대사 임무를
그 오만한 궤도, 반짝거리는 그것들한테ㅡ 그리고 그렇게
온갖 가슴한테 장벽이고 금지이시라
별들이 인간의 죄로 비틀거리지 않도록!"

일으켰다 몸을 그 처녀가 노란 밤에,
그 유일 달〔月〕의 이브!ㅡ 대지 위에서 우리가 굳게
맹세한다 하나의 사랑에ㅡ 그리고 하나의 달을 흠모한다ㅡ
탄생지, 어린 아름다움의 그것에 더 이상 없는 사랑에.
튀어나오듯, 저 노란별이 폭신폭신한 시간에서,
일으켰다 몸을 그 처녀가 그녀의 꽃 성지에서,
그리고 굽혔다 윤 나는 산과 흐릿한 평원 위로
그녀의 길을ㅡ 그러나 그만 두지 않았다 아직 그녀의 테라시아 섬
지배를.

* 코란 연옥ㅡ별. 시인에게는 1572년 덴마크 천문학자 티코브라헤가 발견,
17개월 동안 보였던 별이 그것이었다.
** 코카서스 산맥 북쪽 흑해 연안 지역.
*** 벌들이 꽃 속에서 자는 식물.
**** 터키 동북부 소재 중세 제국. 현재는 항구 이름.
***** 그리스 신화 태양신 헬리오스를 사랑하다 해바라기가 된 요정.

2부

높이 오른 산, 에나멜칠 꼭대기의 그것에서—
이를테면 졸린 양치기가 침대,
거대한 목초지의 그것에 편히 누워 있다가,
무거운 눈꺼풀을 들어올리며, 깜짝 놀라서 보고
숱하게 "용서해주세요" 중얼대는 류,
때는 달이 천국과 네모꼴로 일치하는 때인데—
꼭대기가 장미빛인, 그 높이 치솟음, 멀리
햇빛 밝은 창공 속으로의 그것이, 붙잡았다 광선,
가라앉은 태양들의 그것을 저녁에— 한밤중에,
달이 아름다운 이방인(異邦人) 빛과 춤추는 동안—
이런 높이에 올려져 일어섰다 한 더미
굉장한 기둥들이 그 부담 벗은 공중에,
번쩍 비추며, 파로스 섬 대리석에서 그 쌍둥이 미소를
멀리 저 아래 파도, 거기 반짝이던 그것 위에,
그리고 먹였다 그 어린 산을 굴에서.
녹은 별들이 그것들의 포장도로, 이를테면 내리는 게,
흑단 대기를 통해서인 류, 은을 입히며, 그 관(棺)보,
그것들 자신의 분해의 그것에, 그것들이 죽는 동안—
장식하며, 그런 다음 하늘의 거주지들을 말이지.
둥근 지붕 하나, 연결된 빛에 의해 천국에서 내려진 그것,
앉았다 부드럽게 이 기둥들 위에 왕관으로—
그리고 창 하나, 둥근 금강석 하나의 그것이, 거기서,
내다보았다 위로 자줏빛 대기 속을,
그리고 하나님한테서 나온 광선들이 격추했다 그 유성 사슬을

그리고 성스럽게 했다 그 모든 아름다움을 갑절로 다시,
단 그때, 그 최고천과 저 고리 사이,
어떤 열성적 정신이 쳤을 때 말고는 제 어스름한 날개를 .
그러나 기둥들 위에서 지품천사 두 눈이 본 것이다
흐림, 이 세상의 그것을: 그 잿빛 섞인 초록,
자연이 아름다움의 무덤으로 제일 좋아하는 그것이
잠복했다 각 처마 돌림띠, 각 아키트레이브 둘레 그것에ー
그리고 그 주위 조각된 각각의 치품천사 모두,
제 대리석 거주처에서 빤히 내다보았는데,
보였다 세속의 것처럼 제 벽감의 그늘로 말이지ー
아카이아 조각상들, 그리 풍부한 세상 속에!
프리즈들, 다드몰*과 페르세폴리스에서 나온ー
발벡과, 그 고요한, 깨끗한 심연,
아름다운 고모라의 그곳에서 나온! 오, 그 파도가
이제 덮친다 너를ー 그러나 너무 늦었지 구하기에는!

소리가 좋아한다 여름밤 한껏 즐기는 것을:
들어보라구 속삼임, 잿빛 황혼의,
살그머니 스며들던, 귀, 에이라코**에서,
오래전 숱한 야생 별-응시자들의 그것에 말이지ー
살그머니 스며든다 계속 귀, 그,
묵상하면서, 그 흐린 거리(距離)를 응시하고,
어둠이 구름으로 오는 것을 보는 자의 그것에ー
않은가 그것의 형태ー 그것의 목소리ー 아주 뚜렷하고 크지 않은
가?

하지만 뭐지 이것이?—그것 온다—그리고 그것이 데리고
온다 음악을—그것은 쉐도, 날개들의—
잠시 멈춤 하나—그리고 나서 휩쓰는, 내리는 선율 하나,
그리고 니세이스가 있다 그녀의 전당에 다시.
그 야생 에너지, 방종한 서두름의 그것 때문에
　그녀 뺨 빨개지고 있는 중, 그녀 입술 벌어졌고;
그리고 대(帶), 그녀의 부드러운 허리 둘레 달라붙은 그것이
　터진 터였다 그녀 심장의 부풂 바로 아래서.
그 전당의 중심 안에서 숨 쉬려
그녀가 잠시 멈췄고 헐떡였다, 자킨토스 섬! 그 바로 밑이 온통
요정 빛, 그녀의 황금빛 머리카락에 입 맞추었고
쉬고 싶은 생각 간절했던, 그러나 거기서 번쩍일 밖에 없었던!

어린 꽃들 속삭이고 있었다 선율로
행복한 꽃들에게 그날 밤—그리고 나무가 나무에게;
샘들이 쏟아내고 있었다 음악을 그것들이 떨어지면서
숱한 별빛의 숲으로, 혹은 달빛의 작은 골짜기로;
하지만 침묵이 덮쳤다 물질적인 것들을—
아름다운 꽃, 밝은 폭포와 천사 날개들을—
그리고 소리가 홀로, 정신에서 비롯된 그것이,
져갔다 짐을 마력(魔力), 그 처녀가 노래했던 그것에로:

　　"블루벨이나 가늘고 긴 나뭇가지 아래—
　　　혹은 술 달린 야생의 작은 가지,
　　몽상가한테서
　　　달빛을 차단해버리는 그것 아래—

밝은 존재들! 곰곰이 생각하는,
  반쯤 감기는 눈으로,
별, 너의 놀람이
  하늘에서 끌어당긴 그것들에 대하여 말이지,
급기야 그것들이 그늘 통해 흘끗 보고,
  내려온다 너의 이마로
뭐랄까―그 처녀의 두 눈 같지,
  지금 너를 부르는―
일어나라고!, 너의 보랏빛
  나무 그늘 속 꿈꾸기에서
의무, 별이 빛나는 이
  시간들에 어울리는 그것에로―
그리고 털어내라고 네 머릿단,
  이슬 거치적거리는 그것에서,
숨, 그 입맞춤들의,
  또한 거치적거리는 그것을
(오, 어떻게, 너 없이, 사랑이여!
  천사들이 축복받을 수 있었지?)―
그 입맞춤들, 진정한 사랑의,
  너희를 안심시켜 쉬게 했던 그것들 말이다!
일어나라!―털어내라 네 날개에서
  방해하는 각각을:
이슬, 밤의―
  그것이 내리누를 것이다 너의 비상(飛翔)을;
그리고 진정한 사랑이 애무한다―
  오! 그것들을 떼어놓으라:

그것들 가볍다 머릿단 위에,
　　그러나 납이다 심장 위에."

"리지아! 리지아!
　　나의 아름다운 사람!
너의 가장 거친 생각도
　　선율로 흐를 것,
오! 너의 의지인가
　　산들바람에 뒤척이는 것이?
아니면 변덕스러운 고요로,
　　혼자인 알바트로스 새처럼,
밤에 기대어
　　(그녀가 대기에 기대듯)
기쁘게 감시하는 것인가,
　　거기서 화성(和聲)을?"

"리지아! 어디에
　　너의 이미지가 있든,
어떤 마술도 떼어놓지 못할 것이다
　　너의 음악을 네게서.
네가 묶어놓았다 숱한 눈들을
　　꿈같은 잠으로—
그러나 선율들 터져나올 것이다
　　네 불침번 서는 그것들이:
소리, 비의,
　　꽃한테 껑충 뛰어내리고,

45

춤추는, 다시
    소나기 리듬으로 말이지—
속삭임, 연원이
    풀의 자람인 그것
들이 음악이다, 사물들의—
    그러나 모형이지, 아아!—
떠나라, 그렇다면, 나의 가장 소중한 사람,
    오! 서둘러 떠나라 그대
달빛 아래
    가장 깨끗하게 놓인 샘으로—
혼자인 호수, 미소 짓는,
    제 깊은 휴식 꿈으로,
대상이 그 숱한 별−섬들,
    제 젖가슴을 보석 장식하는 그것들한테 미소짓는 호수로—
거기서 야생화들이, 살살 기며,
    섞어놓았다 자기들 그늘을,
그 가장자리에서 자고 있다
    갖가지 처녀가—
몇몇은 떠났다 시원한 숲 속 빈터를, 그리고
    잤다 벌과—
깨워라 그들을, 나의 처녀여,
    황무지와 초원에서—
가라! 불어넣으라 숨을 그들의 잠에,
    일체 부드럽게 귓속에,
음악의 수(數)
    그들이 들으려고 잤던 그것을—

왜냐면 무엇이 깨울 수 있는가
　　천사를 그렇게 일찍,
그의 잠 들린 것이
　　차가운 달 아래,
주문(呪文), 어떤 마법의
　　잠도 시험해볼 수 없는 그것,
그 율동적인 수,
　　그들 달래어 쉬게 한 그것으로서였는데?"

정신들, 날개 달린, 그리고 천사들, 눈에 보이는,
천(千)의 치품천사들 우르르 뚫고 나온다 최고천을,
젊은 꿈들 여전히 그들의 졸린 비상(飛翔) 위를 맴돌고 ―
치품천사들, 차림이 거의 "지식"인, 그 예리한 빛,
추락했던, 굴절되어, 당신의 경계들 지나며, 멀리
오 죽음! 하나님의 눈으로부터 그 별로 말이지:
달콤했다 그 잘못 ― 더 달콤했지 그 죽음 ―
달콤했다 그 잘못 ― *우리 경우*조차 과학의
숨이 흐리게 한다 우리 기쁨의 거울을 ―
그들한테 그것이 사막 모래폭풍이었고, 파괴하려 했다 ―
왜냐면 무슨 (그들한테) 소용인가 안다는 거,
진리가 거짓 ― 혹은 축복이 비통인 것을?
달콤했다 그들의 죽음 ― 그들한테 죽음이 만연이었다
물린 생의 마지막 황홀의 ―
그 죽음 너머 어떤 불멸도 없지 ―
오직 잠, 곰곰 생각이고, "있음" 아닌
그리고 거기 ― 오! 내 지친 정신 거주하기를 ―

천국의 영원에서 떨어져 — 그렇지만 지옥에서 너무나 멀리!

어떤 죄지은 정신이, 어떤 흐린 관목림에서
듣지 않았겠는가 마음 뒤흔드는 부름, 저 찬송가의 그것을?
딱 둘: 그들이 추락했다: 왜냐면 천국이 어떤 은총도 안 준다
그, 자신들의 뛰는 심장 박동을 찾아 듣지 않는 자들에게.
처녀 – 천사 하나와 그녀의 치품천사 – 애인 하나 —
오! 어디에(너희가 찾을지 모르지, 위로 그 넓은 하늘을)
사랑, 그 눈먼, 거의 맨 정신인 의무가 알려져 있나?
안내 없는 사랑이 추락한 것이다 — "눈물, 완벽한 신음의 그것" 와중.

그가 훌륭한 정신이었다 — 추락한 그가:
방랑자, 이끼 차림 우물 곁의 —
응시자, 위에서 빛나는 빛들 향한 —
몽상가, 달빛 속 그의 사랑으로의:
뭐가 이상한가? 왜냐면 각 별이 눈[眼] 같다 거기서,
그리고 내려다본다 너무나 상냥히 아름다움의 머리카락을;
그리고 그것들과 온갖 이끼 긴 샘들 거룩했다
그의 사랑에 시달리는 심장과 우울함에.
밤이 본 터였다(그에게 비통의 밤)
산 험준한 바위 위에, 젊은 안젤로를 —
눈썹 찌푸리며 그것이 굽는다 숭고한 하늘에 어긋나며
그리고 노려본다 제 밑에 저 아래 놓인 별 총총 세상을.
여기 앉았다 그가 그의 사랑과 함께 — 그의 어두운 눈 향했고,
독수리 시선으로 창공을 두루:
이제 돌렸다 그것을 그녀에게 — 그러나 그때도

그것이 몸을 떨었다 지구의 궤도에 다시.

"이안테, 내 사랑, 봐! 정말 흐릿하잖아 저 광선!
너무 근사해 이토록 멀리 본다는 거!
그녀가 안 보였어 이렇게는 그 가을 저녁
내가 호화로운 그녀 전당 떠나던 — 떠나는 게 슬프지도 않았고.
그날 저녁 — 그날 저녁 — 생생히 기억날 밖에 —
일광이 떨어졌지 렘노스 섬, 주문(呪文)으로
그 아라베스크 조각, 금칠한 전당
그 안에 내가 앉았던 그곳의 조각에, 그리고 휘장 벽에 —
그리고 내 눈꺼풀에 — 오 그 무거운 빛!
얼마나 졸리웁게 그것이 짓눌렀는지, 눈꺼풀을 밤 속으로!
꽃에, 전에는, 그리고 안개에, 그리고 사랑에 그것들 흘렀어
페르시아 시인 사디를 그의 굴리스탄에 두고:
그러나 오 그 빛! — 내가 잤어 — 죽음이, 그사이,
살그머니 내 감각에 스며들었다 그 사랑스런 섬에서
너무나 부드럽게 그래서 비단 머리카락 단 한 올도
깨지 않았어 잠에서 — 몰랐거나, 그것이 거기 있는 것을."

"내가 발 디딘 지구 궤도의 마지막 장소가
한 위풍당당한 신전이었다. 파르테논이라 불리는.
더한 아름다움이 달라붙었더군 그 두리기둥 벽에
심지어 백열의 당신 젖가슴이 갖고 두근대는 그것보다 더한,
그리고 늙은 시간이 내 날개를 정말 해방시켰을 때 —
거기서 튀었지 내가 — 독수리가 제 탑에서 튀듯이,
그리고 세월들을 내가 두고 갔어 한 시간 내로.

때는 그것의 비현실적인 경계에 내가 매달렸을 때,
그 구체(球休)의 정원 절반이 내던져지며,
펼쳐서 지도처럼 내 시야 속으로—
거주자 없는 도시, 사막의 그것들을 또한!
이안테, 아름다움이 운집했어 내게 그때,
그리고 반쯤 내가 바랐지 다시 인간에 속하기를."

"나의 안젤로! 인데 왜 그들한테 속하려는 거지?
더 밝은 거주 장소가 있잖아 여기 당신을 위해—
그리고 더 초록인 들판이, 저 위 세상에서보다 말야,
여인의 사랑스러움이 있고—열정적인 사랑이 있고."

"하지만, 들어봐, 이안테! 대기가 너무 부드러워
기대에 어긋났을 때, 나의 삼각 날개 단 정신이 높이 도약했는데 말이지,
아마도 내 두뇌가 어지러워졌어—그러나 세상,
내가 그토록 최근에 떠난 그것이 혼돈 속으로 내팽개쳐졌다—
튀었지 그것의 위치에서, 바람 타고 따로,
그리고 굴렀어, 불꽃 하나가, 그 불같은 천국과 어긋나게.
내 생각에, 내 사랑, 그때 내가 그쳤어 치솟기를,
그리고 떨어졌다—전에 오를 때처럼 신속히 아니라,
내리막의, 약간 떨리는 동작으로 빛,
그 뻔뻔한 광선들 뚫고, 이 황금의 별한테로!
길지 않았어 내가 추락하는 시간의 양이,
왜냐면 모든 별들 중 가장 가까웠다 네 것이 우리 것에—
너무 무서운 별! 왔던, 환락의 밤 와중,
붉은 다이달리온, 소심한 대지 위에."

"우리가 왔지― 그리고 당신의 대지로― 그러나 아니야 우리에게
주어진 것은 성모의 토론 분부가:
우리가 왔어, 내 사랑; 주변, 위, 아래를,
밤의 명랑한 반딧불이 우리가 오고 가지,
묻지도 않는다 까닭을 그냥 천사-고개 끄덕임,
그녀가 우리에게 허락하는 그것 뿐, 그녀가 그녀 하나님한테 허락받
았듯이―

그러나, 안젤로, 당신의 머리 센 시간이 펼친 적
없었다, 자신의 요정 날개를 더 요정 같은 세상 위에다!
흐렸지 그것의 작은 원반, 그리고 천사 눈〔眼〕들
만이 볼 수 있었다 그 유령을 하늘에서,
그리고 그때 처음으로 알 아라프가 알았지 자신의 행로가
곤두박이로 저쪽 별 총총 바다 건너일 것을―
그러나 그것의 영광이 하늘에 부풀었을 때,
인간의 눈 아래 백열 아름다움의 가슴처럼 말이지,
우리가 잠시 멈추었다 인간의 유산 앞에,
그리고 당신의 별 떨었어― 아름다움이 그때 그랬듯이!"

그렇게, 담론으로, 두 연인이 보냈다
그 밤을 그 밤 이울고 이울고 아무 낮도 안 데려왔고.
그들이 추락했다: 왜냐면 천국이 어떤 희망도 전하지 않는다
자신들의 뛰는 심장 박동을 찾아 듣지 않는 자들에게.

* 오스만 제국 시절 터키의 주(州) 이름.
** 그리스 신화 헤스페로스의 아들, 혹은 마왕.

로맨스

로맨스가, 고개 끄덕이고 노래하는 거 좋아하지만,
졸린 머리와 접힌 날개로,
초록 잎새들 사이에서 그것들 흔들리고
멀리 저 아래 어떤 그늘진 호수 안까지 흔드는데 말이지,
내게는 한 마리 잉꼬 그림
이었다 이제까지 — 아주 친근한 새 —
가르쳤다 내게 나의 알파벳 말하기,
나의 바로 그 최초 단어들 혀짤배기 소리로 말하기를,
다른 한편 야생 숲에서 내가 정말 거짓말했지,
한 아이 — 아주 다 안다는 눈의.

최근에, 영원한 콘도르 세월이
너무나 흔들었기에, 높은 곳 천국 바로 그것을
천둥치며 지나가는 그 소동으로 그랬기에,
나한테 전혀 없다 한가로운 관심 갖고
응시할 시간이, 그 불안한 하늘을 말이다.
그리고 날개가 좀더 고요한 한 시간이
제 솜털을 내 정신 위에 내던질 때
그 짧은 시간을 수금과 시로
보낸다는 거 — 금지된 일이지!
내 심장이 범죄인 느낌일 거였다
그것이 악기 줄로 떨지 않았다면,

─에게 (1)

그 정자, 거기서, 꿈에, 내가 보는 게
  가장 음탕하게 노래 부르는 새들인 그것,
이 입술이다─ 그리고 모든 너의 선율이다,
  입술의 몸에서 난 말〔言〕들의.

너의 두 눈, 모셔진 사당이 심장의 천국인 그것이,
  그때 적막하게 내린다,
오, 하나님!, 나의 장례 마음 위에
  관(棺)보 위 별빛과도 같이.

너의 심장─ *너의* 심장을!─ 내가 깨우고 한숨짓는다,
  그리고 잠들어 꿈꾼다 낮,
황금이 결코 살 수 없는 진리의 낮까지─
  살 수 있는 싸구려 보석의 낮까지.

강(江)에게

아름다운 강! 너의 밝은, 맑은 흐름,
　수정의, 방황하는 물의 그것으로,
네가 하나의 상징이다, 아름다움의
　　백열의 — 그 명백한 심장의 —
　　장난기 많은 미로 같음, 예술의,
　　알베르토 노인의 딸로의;
하지만 네 물결 속을 그녀가 볼 때 —
　그것이 그때 반짝이고, 몸을 떨고 —
왜, 그때, 개울들 중 가장 예쁜 것을
　그녀의 숭배자가 닮는지;
왜냐면 그의 심장 속에, 너의 시내 속에서처럼,
　그녀 이미지 깊게 놓여 있다 —
그의 심장, 떠는, 그 광선,
　그녀의, 영혼을 찾는 두 눈의 그것에 말이다.

―에게 (2)

나 신경 안 쓴다 지상에서 내 몫
　은 결국― 별로 없지 대지가 그 안에―
사랑의 세월 잊혀진 게
　1분 동안의 증오로 였다는 거: ―
내가 애석한 것은 쓸쓸한 자들이
　나보다 더, 사랑아, 행복해서 아니고
네가 슬퍼해서다 *나의* 운명,
　지나가는 자인 나의 그것을.

요정의 나라

흐릿한 계곡들 — 그리고 그늘진 큰물 —
그리고 구름처럼 보이는 숲,
그런데 그 형태를 우리가 발견할 수 없다
눈물, 온통 뚝뚝 흘러내리는 그것 때문에:
엄청난 달들이 거기서 차고 이지러진다 —
다시 — 다시 — 다시 —
밤의 매 순간 —
영원히 장소를 바꾸며 —
그리고 그것들이 끈다 별빛을 — 제 창백한 얼굴이 내는 숨으로.
달 시계로 열두 시 경,
나머지 것들보다 더 속이 비치는 하나가
(뭐랄까, 시험해보니,
가장 나은 것이었던 류)
온다 아래로 — 여전히 아래로 — 그리고 아래로
그 중심을 왕관.
산(山) 고지의 그것에 두고,
다른 한편 그것의 넓은 둘레가
편한 휘장으로 내린다
작은 마을들 위로, 회관들 위로,
그것들이 어디 있든 —
이상한 숲 위로 — 바다 위로 —
날개 달린 유령들 위로 —
각각의 졸린 것 모두 위로 —

그리고 묻어버린다 그것들을 완전히
빛의 미로에—
그러고 나면, 얼마나 깊은지!—오, 깊다,
열정, 그것들 잠의 그것이!
아침에 그것들 일어나고,
그것들의 달-덮개
치솟는 중이다 하늘로,
태풍들과 함께, 태풍들 뒤척이는 게,
마치—뭐라 해도 좋을 것처럼—
혹은 한 마리 노란 알바트로스 새처럼.
그것들이 쓰지 않는다 저 달을 더 이상
전과 같은 용도,
즉, 텐트로—
그건 낭비 같다:
그것의 미립자들, 그러나
소나기 속으로 분열한다,
그리고 거기서 그 나비,
대지의 그것들, 하늘을 추구하고,
그렇게 다시 내려오므로
(결코 만족하지 않는 것들!)
가져왔다 표본 하나를
그것들의 떨리는 날개에 실어.

홀로

어린 시절부터 내가 않았다
다른 이들과 같지 — 보지 않았다
다른 이들 보듯이 — 가져올 수 없었다
내 열정을 공통의 샘에서 —
같은 원천에서 내가 취하지 않았다
나의 슬픔을 — 나 깨울 수 없었다
내 심장을 같은 선율에 기뻐하게끔 —
그리고 내가 사랑했던 모든 것 — *내가* 사랑했다 홀로.
그때 — 내가 어렸을 때 — 새벽,
너무나 폭풍우 몰아치던 생의 그것에 — 뽑혀나왔다
선과 악의 온갖 깊이에서
그 신비, 나를 여전히 묶는 그것이 —
급류에서, 혹은 샘에서 —
산의 붉은 낭떠러지에서 —
태양, 내 주변을 가을
황금빛으로 돌던 그것에서 —
번개, 하늘에,
날아서 나를 지나가던 그것에서 —
천둥과, 폭우에서 —
그리고 구름, 취하는 형태가
(천국 나머지가 파랑인데)
내 시야에 악마였던 그것에서.

헬레네에게 (1)

헬레네, 그대의 아름다움이 내게
　옛날의 니케아 돛단배들 같다,
그것들 상냥하게, 향기 나는 바다 건너,
　그 지친, 여행에 지친 방랑자를 실어다주었지
　그 자신의 고향 해변으로.

절망적인 바다 위 방황에 익숙해진지 오래였는데,
　그대의 히아신스 머리카락, 그대의 고전적인 얼굴,
그대의 나이아드 풍모가 귀향시켜주었다 나를
　그리스였던 그 영광에로,
그리고 로마였던 그 장엄에로.

오! 저 찬란한 창 벽감 안에
　어찌나 동상 같은지 내 눈에 그대 서 있는 것이,
　마노 등잔 손에 들고!
아, 프시케, 출신 영역이
　성지(聖地)인!

이스라펠*

> *그리고 천사 이스라펠, 그의*
> *심금들이 류트고,*
> *그가 하나님의 모든 피조물 가운데*
> *가장 달콤한 목소리를 지녔나니. —코란*

천국에 정말 살고 있는 정신 하나는
"그 심금들이 류트다;"
그 누구도 노래를 그리 사납게 잘 부르지 못한다
천사 이스라펠만큼은,
그리고 아찔한 별들이(전설은 그렇다),
자기들 찬송가를 그치고, 주목한다 그의 목소리의
　주문(呪文)에, 모두 벙어리 되어.

위에서 비틀거리며,
　자신의 절정으로 비틀거리며,
　홀딱 반한 달이
빰 붉힌다 사랑으로,
　다른 한편, 귀기울이려, 그 붉은 번갯불
　(그 재빠른 플레이아데스, 그들도 함께,
　일곱이었는데.)
　잠시 멈춘다 천국에서.

그리고 그들 말로는(그 별 총총 합창대와

다른 귀기울이는 것들)
이스라펠의 불이
그 수금,
　그가 그 곁에 앉아 노래하는 그것 때문이다―
몸 떠는 살아 있는 선(線),
　그 비상한 현(絃)들의.

그러나 그 하늘, 천사가 밟은,
　거기는 깊은 생각이 하나의 의무고―
거기는 사랑이 다 큰 하나님이고―
　거기는 미녀들 눈짓이
물들어 있고 온갖 아름다움,
　그것으로 말이지

그러므로, 그대 틀리지 않았다,
　이스라펠, 왜냐면 그대가 혐오한다
차분한 노래를:
그대 것이다 월계관이,
　최상의 음유시인, 가장 현명하기에!
즐겁게 살라, 그리고 오래!

황홀, 위의 그것,
　그대의 불타는 가락에 어울린다―
그대의 슬픔, 그대의 기쁨, 그대의 증오, 그대의 사랑,
　어울린다 그대 류트의 열열에―
　당연하다 별들이 벙어리인 것!

맞지, 천국이 그대 것; 그러나 이곳은
　세상, 새콤달콤의;
　우리들의 꽃이 단지 — 꽃이고,
그림자, 그대 완벽한 축복의 그것
　이 햇빛이다. 우리의.

내가 살 수 있다면,
이스라펠이
　살았던 곳에, 그리고 그가 내 곳에,
그랬다면 그가 그토록 사납게 잘 부르지 못했을 것,
　필멸 인간의 선율을,
반면 이것보다 더 용감한 음이 복받쳐 올랐을 것,
　하늘 내부 내 수금에서 말이다.

* 불타는 자. 이슬람교 나팔 천사.

바닷속 도시

오! 죽음이 똑바로 섰다 하나의 왕좌,
이상한 도시, 홀로 놓인
멀리 저 아래 흐린 서방의 내부,
선과 악과 최악과 최선이
가서 영원히 쉬는 그곳에 말이지.
거기 사당과 궁전과 탑들
(시간에 파먹힌 탑들, 몸 떨지 않는!)
닮지 않았다 전혀 우리 것들과.
사방에, 들어올리는 바람한테 잊혀져,
체념하고 하늘 밑에
우울의 물〔水〕 놓여 있다.

어떤 광선도 거룩한 천국에서 내려오지 않는다
그 소도시 기인 밤 - 시간 그 소도시의 그것에;
그러나 빛, 색깔 야한 바다에서 나온 그것이
흘러 오른다 작은 탑을 말없이 —
어슴푸레 오른다 멀고 자유로운 절정들을 —
둥근 지붕들을 — 첨탑들을 — 왕에게 어울리는 전당들을 —
사원들을 — 바빌론 같은 벽들을 —
어둑어둑한, 잊힌 지 오래인 정자,
조각 상아와 돌 꽃의 그것들을 —
숱하고 숱한 놀라운 신전,
그 화관 장식 프리즈가 뒤얽는 것이

비올, 제비꽃과, 덩굴식물인 그것들을.

체념하고 하늘 밑에
우울의 물 놓여 있다.
그러니 섞으라. 작은 탑들과 그늘들을 거기서
모든 것이 공중에 축 늘어져 대롱거리는 것처럼 보이게,
다른 한편 읍내 당당한 탑에서
죽음이 거인처럼 내려다보고.
거기 열린 사원과 입 헤벌린 무덤들이
하품한다 야광의 파도와 동급으로;
그러나 아니지 재화는 거기, 그것들 누워 있으니
각 우상의 금강석 눈[眼] 속에 —
없다 그 유쾌히 보석 박힌 죽은 자들
유혹하는 일, 물이 그들의 침대로부터 말이지;
왜냐면 아무 잔물결도 동그랗게 감기지 않는다, 아아!
그 유리의 황무지 따라 —
어떤 부품도 말해주지 않는다 바람이 있을지 모른다고,
어디 멀리 떨어진 더 행복한 바다 위에 말이지 —
어떤 너울도 암시하지 않는다 바람이 있었다고,
덜 흉측하게 고요한 바다 위에 말이다.

그러나 오, 휘저음이 공중에!
파도— 있다 움직임이 거기에!
마치 탑들이 옆으로 밀친 것처럼,
약간의 가라앉음으로, 그 무딘 조류를—
마치 탑 꼭대기들이 미미하게 내준 것처럼,

빈 공간을 그 속 비치는 천국에 말이지.
파도들한테 있다 이제 좀더 붉은 작열이—
시간들이 숨 쉬고 있다 미약하고 낮게—
그리고 때는, 어떤 지상의 신음도 없는 와중,
아래로, 아래로, 그 도시가 금후 정착하게 될 때,
지옥이, 천의 왕좌들에서 일어서며,
그것에 경의를 표하게 될 것이다.

잠든 사람

한밤중, 6월의,
내가 선다 신비한 달 아래.
아편 훈김, 이슬 젖은, 흐린 그것,
날숨 쉰다 달의 황금 테 바깥으로,
그리고 고요한 산꼭대기 위로
부드럽게 뚝뚝 흐르며,
살그머니 스며든다 졸린 듯이 그리고 음악성 있게
그 보편의 계곡 속으로.
로즈마리가 고개 끄덕인다 무덤 위에서;
백합이 나른하게 누워 있다 파도 위에;
안개로 제 젖가슴 둘레를 감싸며,
폐허가 썩어 휴식에 든다;
레테 강(江)처럼 보이며, 보라! 호수가
의식적인 잠을 취하는 것 같다,
그리고 싫다, 결코, 깨어나기가.
모든 아름다움이 잠들었다! — 그리고 오! 어디 누워 있나
이레네, 그녀 운명과 함께!

오, 여자 분, 밝은! 옳을 수 있나 —
이 창 밤에 열려 있는 것이?
음창한 공기가, 나무 꼭대기에서,
웃으며 격자 통해 떨어진다 —
그 몸 없는 공기, 어떤 마법사 울음소리가,

휙 지나간다 당신 방 안팎을,
그리고 흔든다 커튼 덮개를
너무나 발작적으로— 너무나 끔찍하게—
그 닫히고 가두리 장식 달린 뚜껑,
그 밑에 너의 잠든 영혼 숨겨진 그것 위로,
그래서, 마루 위로 그리고 벽 아래로,
유령처럼 그림자들이 흥하고 망하지!
오, 소중한 여자분, 당신 전혀 무섭지 않나?
왜 그리고 무엇을 당신이 꿈꾸고 있나 여기서?
확실히 당신 왔구나 멀리 떨어진 바다 건너서,
불가사의지 이 정원 나무들한테!
이상하다 당신의 창백! 이상하다 당신의 의상!
이상하다, 무엇보다, 당신의 길이, 머릿단의,
그리고 이 모든 엄숙한 조용함!

그 여자분 잠들었다! 오, 부디 그녀의 잠이,
오래가고 있으니, 아주 깊기를!
천국이 그녀를 그 신성한 간직 속에 두기를!
이 방이 더 거룩한 것으로 바뀌기를,
이 침대가 더 우울한 것으로 바뀌기를,
내가 하나님께 기도하나니 그녀가 누워 있기를
영원히 눈 감고,
창백한 수위 차림 유령들이 지나가는 동안 말이다!

내 사랑, 그녀가 잠들었다! 오, 그녀의 잠이,
지속되고 있으니, 그만큼 깊기를!

부드럽게 벌레들이, 그녀 주변에 살살 기기를!
숲, 흐리고 오래된 숲 속 멀리,
그녀 위해 어떤 높은 둥근 천장 펼쳐지기를—
어떤 둥근 천장, 자주 내던진, 자신의 검고
날개 달린 판, 뒤로 펄럭이는 그것들을,
의기양양, 그 문장 새겨진 관(棺)보,
그녀의 대가족 장례의 그것 위로 말이지—

어떤 지하 매장소, 먼, 홀로인,
그 입구에 대고 그녀가 어린 시절
숱한 게으른 돌 던졌던—
어떤 무덤, 그 소리 내는 문 바깥에서
그녀가 결코 메아리를 더 강제하지 않게 될
오싹하구나 생각하니, 불쌍한 아이, 죄의!
그것이 죽은 자들이었다, 안에서 신음하는.

레노어

아아, 부서졌다 황금 사발! — 정신, 영원히 날아간!

조종을 울려라! — 성자의 영혼이 떠간다 스틱스 강을: —

그리고 기 드 베어, *당신은* 눈물이 없나? — 지금 울거나 울지 말라 결코 다시는!

보라! 저기 삭막하고 엄격한 상여에 낮게 누워 있다 당신의 사랑, 레노어가!

자, 추도사를 읽게 하라 — 장송곡을 부르게 하라! —

성가 한 곡을 그토록 젊어서 죽은 가운데 가장 여왕답게 죽은 이에 게 —

만가 한 곡을 그토록 젊어서 죽어 두 겹으로 죽은 그녀에게.

"비열한 자들! 너희가 사랑했다 그녀를 그녀 재산 때문에, 그리고 너희가 미워했다 그녀를 그녀의 긍지 때문에;

그리고 그녀 건강이 허약해졌을 때, 너희가 축복했다 그녀를 — 그 래서 그녀가 죽었다: —

어떻게 추도사를, 그렇다면, *읽을 것이냐* — 진혼곡을 어떻게 부를 것이냐

너희가 — 너희 것, 악마의 눈으로 — 너희 것, 그 중상의 혀로,

그것이 죽였는데 그 순진무구, 죽었고, 너무도 젊어서 죽은 그것을?"

우리 죄지은 자들: 하지만 이렇게 미친 듯이 악쓰지 말고 안식일 노 래가

오르게 하라 하나님께 너무나 장엄하여 죽은 자들이 아무 양심도

69

품지 않도록!

상냥한 레노어가 먼저 갔다, 옆에서 날던 희망과 함께,

당신을 길길이 뛰게 만들었지 그 소중한 아이 너의 신부였어야 했기에—

그녀, 그 아름답고 상냥한 이가, 이제 그토록 낮게 누워 있기에,

생명이 그녀 노란 머리카락에 있으나, 그녀 눈 안에 없기에—

생명이 여전히 거기 그녀 머리카락에, 죽음이 그녀 눈에.

"꺼져!—꺼져라! 친구들한테로 적들에게서 그 분노한 유령 잡아 뜯긴다—

지옥에서 최고의 천국 내 높은 신분에로—

불평과 신음에서 천국의 왕 곁 황금 왕좌에로:—

아무 조종도 울리지 말 것, 그렇다면, 그녀의 영혼이, 자신의 신성화한 환락 한가운데,

그 음을 들으면 안 되니까, 저주받은 대지에서 표류하여 오르는 그것을!

그리고 나—오늘 밤 나의 가슴 가볍다:—어떤 만가도 울리지 않고,

두둥실 띄워 천사를 날아가게 하겠다 옛 시절 찬가로!"

근심의 계곡

한때 미소 지었다 말없는 작은 골짜기 하나
사람들이 살지 않는 곳이었는데;
그들이 나간 터였다 전쟁터로,
눈빛 온화한 별들 의지하며,
밤마다, 그들의 하늘색 탑에서,
망을 보았지 꽃들 위로,
그리고 꽃들 한가운데 하루 종일
붉은 햇빛이 게으르게 놓여 있었다.
이제 각각의 방문자 모두 고백하게 되리라
그 슬픈 계곡의 잠 못 이룸을.
아무것도 거기서 동작 없지 않다—
아무것도, 공기, 곰곰 생각하는 게
그 마법의 고독인 그것 말고는.
아아, 어떤 바람에도 동요하지 않는다 그 나무들
고동치는 게 차가운 바다
안개 짙은 헤브리디스 제도 주변 그것과도 같은데!
아아, 어떤 바람에도 그 구름들 몰리지 않는다,
바스락거리지 그 조용하지 않은 천국을 두루두루
거북하게, 아침부터 저녁까지,
거기 그 제비꽃, 누운 것이
인간 눈의 무수한 유형으로인 그것들 너머로—
거기 그 백합, 흔들리며
우는 것이 이름 없는 무덤 위에서인 그것들 너머로!

그것들 흔들린다: ─ 그것들의 향긋한 꼭대기 밖에서
영원한 이슬 내려온다 방울로.
그것들 운다: ─ 그것들의 섬세한 줄기를 벗어나
다년생의 눈물 하강한다 보석들로.

콜로세움

유형, 고대 로마의! 풍부한 성유물함,
고상한 명상의, 시간에게 남긴 것이
묻힌 세기, 장려와 권력의 그것들인!
마침내 — 마침내 — 그토록 숱한 나날,
지친 순례와 불타는 갈증의 그것들 후
(갈증은, 네 안에 놓인 민간전승의 샘을 향한 그것),
내가 무릎 꿇는다, 달라지고 겸손한 인간으로,
너의 그림자들 한가운데, 그리고 그렇게 들이킨다 안으로
내 영혼 바로 그것이 너의 장엄, 침울과, 영광을!

광대(廣大)! 와 시대! 와 기억들, 옛날의!
침묵! 과 황량! 과 흐린 밤!
내가 느낀다 너희를 지금 — 내가 느낀다 너희의 힘을 —
오 주문(呪文), 더 확실한, 유대인 왕이
겟세마네 동산에서 가르친 어느 것보다 더!
오 주술, 더 강한, 완전 몰입한 칼데아 점성가가
조용한 별들 바깥으로 끌어낼 그 어느 것보다 더!

여기, 영웅 하나 쓰러졌던 곳에, 기둥 하나 무너진다!
여기, 모조 독수리가 황금으로 번쩍번쩍 빛나던 곳에,
한밤중 불침번이 쥐고 있다 거무데데한 방망이를!
여기, 로마 귀부인들이 그들의 부유한 머리카락을
바람에 나부끼던 곳에, 지금 나부낀다 갈대와 엉겅퀴가!

여기, 황금 왕좌 위에 군주가 나른하게 앉았던 곳에,
미끄러진다, 유령처럼, 자신의 대리석 집으로,
초승달의 창백한 빛 받으며,
그 신속하고 말없는 도마뱀, 돌들의 그것이!

그러나 가만! 이 벽들 — 이 담쟁이덩굴 뒤덮인 회랑들 —
이 썩는 대좌들 — 이 슬프고 시커메진 수직 통로들 —
이 어렴풋한 엔태블러처들 — 이 부스러지는 프리즈 —
이 산산조각난 처마 돌림띠들 — 이 난파 — 이 파멸 —
이 돌들 — 아아! 이 잿빛 돌들 — 그것들이 다인가 —
다인가, 그 유영한 이들과 그 엄청난 이들의, 남겨진,
그 부식성(腐蝕性) 시간에 의해, 운명과 나에게 남겨진?

"아니다 다가" — 메아리들이 대답한다 내게 — "아니지 다가!
예언의 소리, 커다란 그것들이, 발생한다 영원히
우리한테서, 그리고 모든 폐허에서, 현명한 이들에게로,
선율이 멤논한테서 태양에게로 그러듯.
우리가 지배한다 심장, 아주 강력한 사내들의 그것들을 — 지배한다
폭군통치로 모든 거인 심성들을.
우리가 무능하지 않다 — 우리 창백한 돌들.
아니다 그 모든 우리의 권력 사라진 것이 — 아니지 그 모든 우리의
명성 —
아니다 그 모든 마법, 우리 드높은 이름의 그것 —
아니다 그 모든 불가사의, 우리를 두른 그것 —
아니다 그 모든 신비, 우리 안에 놓인 그것 —
아니다 그 모든 기억, 우리에게 매달리고

감아 달라붙기 의복과도 같고 같으며,

우리에게 영광 이상의 예복을 입히는 그것 사라진 것이."

천당에 있는 사람에게

네가 그 모든 것이었다 내게, 사랑이여,
　　내 영혼이 정말 애타게 연모하던 모든 것─
초록 섬 하나, 바다에, 사랑이여,
　　샘 하나와 사당 하나,
온통 요정의 과일과 꽃 장식의,
　　그 모든 꽃들 내 것이었고.
아아, 꿈, 너무 밝아서 지속될 수 없는!
　　아아, 별 총총 희망! 정말 생겨나
구름 뒤덮일 뿐인!
　　목소리 하나 미래 바깥에서 외친다,
"계속! 계속!"─그러나 과거
　　(흐린 깊은 구렁!) 위를 내 정신 맴돌며 누워 있다
벙어리로, 꼼짝 않고, 기겁하여!

왜냐면, 아아! 아아! 내게
　　생명의 빛 끝났다!
더 이상─더 이상─더 이상─
　　(이런 언어가 붙잡아준다 그 장엄한 바다를
해변 모래에)
　　꽃 피울 리 없지 번개에 박살난 나무가
혹은 두들겨 맞은 독수리가 비상할 리 없지!

그리고 나의 모든 낮이 가수 상태고,

나의 모든 밤마다 꿈이
네 잿빛 눈이 흘끗 보는 곳이고,
　네 발걸음 어슴푸레 빛나는 곳이다—
어떤 천상의 춤으로든,
　어떤 영원한 개울 곁이든.

찬가

아침에 ― 정오에 ― 흐린 황혼에 ―
마리아! 당신이 들었습니다 저의 찬가를!
기쁨과 비탄에 ― 좋은 일과 궂은 일에 ―
성모여, 저와 함께 하소서 항상!
시간들 밝게 날아 지나가고,
구름 한 점 하늘을 모호하게 안 했을 때,
제 영혼을, 무단결석하지 않게끔,
당신의 은총이 정말 인도했습니다 당신 영혼과 당신에게로;
지금, 운명의 폭풍우가 구름으로 어둡게
뒤덮는 것이 저의 현재와 저의 과거이니,
저의 미래가 환히 빛나게 하소서
달콤한 희망, 당신과 당신 영혼의 그것으로!

F—에게

애인아! 너무나 진정한 비통,
  내 지상의 길 둘레 운집하는 그것들 한가운데—
(길은 황량한 길이지, 아아! 거기 자라지
않으니, 장미 한 송이조차)—
  내 영혼 최소한 위로를 누린다
너를 꿈꾸는 것에서, 그리고 거기서 알지
에덴동산, 단조로운 수면의 그것을.

그리고 그렇게 너의 기억이 내게
  어떤 마법 걸린, 멀리 떨어진 섬 같다,
어떤 떠들썩한 바다의—
어떤 대양, 고동치는, 멀리 또 자유롭게,
  폭풍우로— 그러나 거기서 그러는 동안
가장 고요한 하늘이 끊임없이
바로 그 밝은 섬 하나에 미소 짓는 대양 말이지.

F—ℓ S. O—ə에게

당신 사랑받고 싶나?— 그렇다면 당신 심장이
  그것의 현재 경로를 떠나게 마라!
모든 것이니, 지금 당신의 존재가,
  조금도 당신 아닌 것이지 마라.
그렇게 세상한테 당신의 상냥한 방식,
  당신의 미덕, 당신의 아름다움 이상(以上),
끝없는 주제 되리라, 예찬의,
그리고 사랑의— 간단한 의무다.

신부(新婦)의 발라드

반지가 내 손에,
  그리고 화관이 내 이마에;
새틴과 장려한 보석들이
모두 내 휘하에,
  그러니 나 행복하다 지금.

그리고 나의 주인 그가 사랑한다 나를 더할 나위 없이;
  그러나, 처음 그가 자신의 맹서를 나직이 말했을 때,
내 젖가슴 붓는 느낌이었다—
왜냐면 그 말 울렸다 조종처럼,
그리고 그 목소리 그의 것 같았다, 전사
하여 작은 골짜기 아래로 구른 그의,
  그리고 지금 행복한 그의.

그러나 그가 말하여 안심시켰다 나를,
  그리고 그가 입 맞추었다 내 창백한 이마에,
다른 한편 백일몽이 나를 덮치고,
교회 묘지로 데려갔다 나를,
그리고 내가 한숨지었다 내 앞의 그에게
〔그를 죽은 들로어미(D'Elormie)로 생각하며〕
  "오, 나 지금 행복해!"

그리고 그렇게 그 말이 말해졌고,

이랬지 그 약혼 서약:
그리고 설령 내 믿음 부서질망정,
그리고 설령 내 가슴 부서질망정,
여기 있다 반지 하나 증거,
　　내가 지금 행복하다는 그것으로! ─
보라 그 황금 증거,
　　그것이 증명한다 내가 지금 행복하다고!

하나님을 내가 깨울 수 있었으면!
　　왜냐면 내가 꿈꾼다 어떻게인지 모르고,
그리고 내 영혼 쓰리게 흔들린다
나쁜 조치가 취해질까 봐 ─
죽은 사람, 버려진 그가
　　지금 행복하지 않을 수 있을까 봐.

소네트―자킨토스 섬에게

아름다운 섬, 네가 온갖 꽃들 중 가장 아름다운 것에서
　모든 온화한 이름들 중 가장 온화한 것을 정말 취했구나,
어찌나 많은 생각, 무슨 매장된 희망들에 대한 그것들이!
　너와 너의 것 보는 즉시 깨어나는지!
어찌나 많은 장면, 무슨, 세상 떠난 축복의 그것들이!
　어찌나 많은 생각, 무슨 매장된 희망들에 대한 그것들이!
어찌나 많은 환영(幻影), 한 처녀의 그것들이,
　더 이상 없는―더 이상 네 신록 비탈에 없는 처녀 말이다!
더 이상 없다! 아아, 그 마법의 슬픈 소리,
　모든 것을 변형하는! 너의 매력 즐겁지 *않으리 더 이상,*―
너의 기억 *더 이상 없다!* 저주받은 땅이여
　이제부터 내가 장악한다 너의 꽃–에나멜 입힌 해변을,
오 히아신스의 섬! 오 자줏빛 자킨토스!
"황금의 섬! 동방의 꽃!"

유령 나오는 궁전

우리 계곡들 가운데 가장 초록 짙은 곳에,
　착한 천사들을 거주자로,
한때 아름답고 웅장한 궁전—
　환한 궁전— 이 쳐들었다 고개를.
군주인 생각의 영토에—
　그것 서 있었다 거기!
한 번도 치품천사가 펼친 적 없지 날개를
　그것의 반만큼 아름다운 구조물 위로!

깃발, 노란, 장려한, 황금빛의 그것들
　그 지붕에서 정말 떠가고 흘렀다,
(이것은— 이 모든 것이— 옛날 얘기다
　오래전,)
그리고 온갖 부드러운 공기가 그곳을 미적댔다,
　그 달콤한 날,
성곽, 깃털 장식에 창백한 그것들 따라,
　날개 달린 향기가 떠나갔다.

방랑자들 그 행복한 계곡에서,
　두 개의 야광 창 통하여, 보았다
유령들, 음악적으로 움직이는,
　류트의 조율 잘된 규칙에 맞추어,
왕좌 주변을 도는, 그리고 거기 앉아 있는 게,

포르피로게네!
그의 영광에 썩 어울리는 위엄의,
　그 영역 지배자가 보였다.

그리고 온통 진주와 루비로 작열 중이었다
　그 아름다운 궁전 문이,
그리고 그것을 통해 들어왔다 흘러, 흘러, 흘러,
　그리고 항상 반짝이며,
메아리 부대가, 그리고 그것의 달콤한 의무가
　오직 노래하는 거였다,
빼어난 아름다움의 목소리로,
　재치와 지혜 그들 왕의 그것을.

그러나 사악한 것들, 슬픔의 예복 차림으로,
　공격했다 군주의 높은 신분을.
(아아, 애도하자! — 왜냐면 결코 내일이
　밝아오지 않으리, 그에게, 황량!)
그리고 그의 집 부근 주변 께 그 영광,
　얼굴 붉히고 꽃 피었던 그것이,
고작 희미하게 기억된 이야기다,
　매장된 옛날의.

그리고 여행자들, 이제, 그 계곡 안에서,
　붉게 등불 켠 창들 통해 본다
어마어마한 형태들, 환상적으로 움직이는,
　불협화 선율에 맞추어 말이지.

다른 한편, 섬뜩하게 빠른 강물처럼,

 그 창백한 문 통하여

흉측한 인파가 쇄도해나온다 영원히,

 그리고 웃는다― 그러나 미소 짓지 않는다 더 이상.

소네트―침묵

있다 어떤 질(質)들― 어떤 무형(無形)의 것들이,
　있어 두 겹 생을 살고, 그렇게 만들어진다
어떤 유형 연원이 물질과 쌍
　인 그 쌍둥이 실체의 그것으로, 명시되지 고체와 그늘로.
있다 둘로 접은 *침묵*― 바다와 해변―
　몸과 영혼이. 후자가 산다 외로운 장소에,
　새롭게 풀이 너무 자란 곳이지; 어떤 장엄한 은총,
어떤 인간적인 기억과 눈물 어린 민간 전승이,
만든다 그를 공포 없게: 그의 이름이 "더 이상 없음."
그가 인격 주어진 침묵이다: 겁내지 말라 그를!
　어떤 권력도 없다 그 한테 악의 그것 그 자신 안에;
그러나 어떤 긴박한 운명(때 아닌 몫!)이
　그대를 만나게 하는 게 그의 그림자일 것이면(이름 없는 요정이
지,
　그것이 출몰지가 그 고독한 영역, 사람 발이
　밟은 적 없는 그것들인,) 들라 하나님 마음에!

정복자 벌레

오! 잔치의 밤이다,
　쓸쓸한 만년에 들어 있는!
천사 무리, 날개 있는, 베일
　차림의, 그리고 눈물에 흠뻑 젖은 그들이,
앉아 있다 극장에, 보는 거지
　연극, 희망과 두려움의 그것을,
오케스트라가 속삭이는데 단속적으로,
　천체들의 음악을 말이지.

무언극 배우들, 높은 곳 하나님 형태로,
　구시렁대고 중얼거린다 낮게,
그리고 여기저기 날아다닌다―
　하찮은 인형들이다 그들, 그리고 오고 간다
거대한, 형태 없는, 무대장치를
　이리저리 옮기는 것들의 분부대로,
펄럭이면서, 제 콘도르 날개 밖으로,
　보이지 않는 비통을 말이다!

그 얼룩덜룩 광대극― 오, 확실히
　그것 잊히면 안 되지!
그것의 유령, 그것을 영원히 추적하는
　군중이 그것을 붙잡지 않는,
언제나 똑같은 지점으로 돌아오는,

순환의 그것 하며,
그리고 상당한 광기, 그리고 더 상당한 죄,
　그리고 공포, 플롯의 영혼인 그것 하며.

그러나 보라, 그 흉내내는 떠들썩한 군중 한가운데
　살금살금 기는 형태가 침입한다!
피처럼 붉은 것, 무대의 고독
　바깥에서 몸부림치는!
그것이 몸부림친다! ─ 그것이 몸부림친다! ─ 필멸의 격통으로
　무언극 배우들 된다 그것의 음식이,
그리고 치품천사들 흐느낀다 해로운 짐승의 독이빨,
　인간의 엉긴 피로 물든 그것에.

꺼졌다 ─ 꺼졌다 빛들 ─ 꺼졌다 모두!
　그리고, 각각의 떨리는 형태 위로,
커튼, 장례 관(棺)보가,
　내려온다 폭풍우의 쇄도로
다른 한편 천사들, 모두 창백하고 여읜 그들이,
　일어서며, 베일 벗으며, 확언한다
그 연극 비극, "사람이라고,"
　그리고 그 주인공, 정복자 벌레라고.

꿈나라

경로, 잘 알려지지 않았고 쓸쓸한,
나쁜 천사들만 출몰하는,
허깨비 하나, 밤이라는 이름의 그것이,
검은 왕좌 위에 꼿꼿이 군림하는 경로로,
내가 도착했다 이 땅 단지 최근에
궁극의 흐린 툴레*에서―
야생이고 기이한 풍토, 놓인 데가, 숭고하게,
공간 밖― 시간 밖인 그곳에서.

바닥없는 계곡과 한없는 큰물들과,
아주 깊은 틈과, 동굴과, 거인족 숲들,
그 형태를 어떤 인간도 발견할 수 없는,
온통 뚝뚝 떨어지는 눈물 때문에 말이지;
산들, 항상 넘어지는 것이
해변 없는 바닷속으로인;
바다, 쉬지 않고 열망하는,
밀려드는, 불의 하늘에까지;
호수들, 끝없이 활짝 펼치는 것이
제 외로운 물인― 외롭고 죽은―
제 고요한 물인― 고요하고 차갑지
나른하게 누운 백합의 눈[雪]으로 말이다.

그 호수들 옆, 이렇게 활짝 펼치는 것이

제 외로운 물, 외롭고 죽은 물인, ―
제 슬픈 물, 나른하게 누운 백합의
눈〔雪〕으로 슬프고 차가운 물인 그것들 옆―
산맥 옆― 강 근처에서
낮게 중얼거리는, 늘 중얼거리는 그것 옆―
잿빛 숲 옆, ― 늪,
두꺼비와 영원(蠑蚖)이 야영하는 그곳 옆, ―
음울한 호수와 연못들,
   송장 먹는 귀신들이 사는 그곳 옆, ―
가장 부정(不淨)한 각 장소 옆, ―
아주 우울한 각 외딴 곳 속, ―
거기서 여행자가 만난다, 아연실색하며,
수의에 싸인 기억, 과거의 그것들을―
수의 입은 형태, 흠칫하고 한숨지으며
방랑자를 지나가는 그것들―
하얀 예복 차림 형태, 친구들, 오래전 맡겨진,
고뇌로, 대지에 ― 그리고 천국에 맡겨진 친구들의 그것들을.

비통이 군단 규모인 가슴한테는
그것은 평화로운, 달래주는 영역이지―
그림자로 걷는 유령에게
그것은― 오, 그곳은 하나의 엘도라도다!
그러나 여행자, 그곳을 통과 여행하면서,
못하지 ― 감히 안하지 그곳을 공공연하게 바라보는 일;
결코 그곳의 신비들 드러나지 않는다
감기지 않은 허약한 인간의 눈에;

그게 뜻이다 그곳 왕의, 왜냐면 그가 금한 터다
들어올림, 그 가두리 장식 달린 눈꺼풀의 그것을;
그리고 그렇게 그 슬픈 영혼, 이곳을 지나는 그것이
그곳을 보는 것은 오직 캄캄한 안경을 통해서다.

경로, 잘 알려지지 않았고 쓸쓸한,
나쁜 천사들만 출몰하는,
허깨비 하나, 밤이라는 이름의 그것이,
검은 왕좌 위에서 꼿꼿이 군림하는 경로로,
내가 헤맸다 집으로 단지 최근에
이 궁극의 흐린 툴레에서—

* 극북(極北) 땅. 셰틀랜드 제도 노르웨이 아이슬란드 등.

갈가마귀

한번은 어느 황량한 한밤중, 내가 곰곰 생각 중이었는데, 약하고 지쳐,
숱한 별스럽고 묘한 책권, 잊힌 전승을 다룬 그것들에 대하여 —
내가 졸았고, 거의 선잠 들었는데, 갑자기 들려왔다 똑똑 소리,
누군가 부드럽게 두드리는 것 같은, 두드리는 것 같은, 내 방문을
말이지.
　　"어떤 방문객이," 내가 중얼거렸다. "똑똑 두드리는군 내 방문을 —
　　　　　　　　　　그뿐이야 그 이상 뭐겠나."

아, 뚜렷이 기억난다 그게 음산한 12월 중;
그리고 각각 따로 죽어가는 잉걸불이 자아냈다 제 유령을 바닥에.
간절히 내가 바랐다 내일을; — 헛되이 내가 빌리고자 했다
내 책들한테서 그침, 슬픔의 그것을—슬픔, 잃어버린 레노어로 인한—
그 희귀하고 환히 빛나는 처녀, 천사들이 레노어라 부르는 그녀로
인한—
　　　　　　　　이름 없지 *여기서*는 영원히.

그리고 그 비단결 같은, 슬픈, 불분명한 바스락 소리, 각 자줏빛 커
튼의 그것이
전율케 했다 나를 — 채웠다 나를 엄청난 공포, 전에 한 번도 느껴본
적 없는 그것으로;
그래서 이제, 내 심장의 박동을 진정시키려, 내가 서서 반복했다,
"어떤 방문객이 들여보내달라 애원하는 거야, 내 방문 앞에서—

어떤 늦은 방문객이 들여보내달라 애원하는군, 내 방문 앞에서; ─

그거고 그뿐."

이내 내 영혼이 더 강해졌다; 망설이지 않았지 그때 더 이상,

"선생," 말했다 내가, "혹은 부인, 참으로 당신 용서를 제가 빕니다;

근데 사실은 제가 깜빡 졸았고, 너무도 부드럽게 당신이 와서 두드렸고,

너무나 약하게 당신이 와서 내 방문 똑똑 두드렸기에, 똑똑 두드렸기에,

제가 긴가민가했어요 확실히 당신 소리가 들렸는지"─ 이 대목에서 내가 활짝 열었다 문을; ─

어둠 거기에 그리고 그것뿐.

깊이 그 어둠 속을 응시하면서, 오랫동안 내가 거기

서 있었다 의아해하며, 두려워하며,

의심하며, 꿈꾸며, 어느 필멸 인간도 전에 감히 꾸려한 적 없는 꿈을 말이지;

그러나 그 침묵 깨지지 않고, 그 고요 주지 않았다 아무 증표도,

그리고 거기서 말해진 유일한 단어가 속삭여진 단어, "레노어?"였다

이 단어를 내가 속삭였고, 메아리가 소곤거려 돌려보냈다 그 단어 "레노어!"를.

단지 이거고 그뿐.

방으로 돌아오는데, 내 영혼 온통 내 안에서 불타는 상태였고,

이내 다시 들렸다 똑똑 소리, 전보다 얼마간 더 크게.

"분명," 말했다 내가, "분명 저건 뭔가 있군 내 창 격자에;

보자구, 그렇다면, 무슨 위협인지, 그리고 이 신비를 탐사하자구ㅡ
내 가슴 잠시 진정시키고 이 신비를 탐사하자구;ㅡ
바람이지 그 이상 뭐겠나!"

이 대목에서 내가 열어 젖혔다 셔터를. 그러자, 숱하게
휙휙대고 퍼덕이며,
거기 들어섰다 위용 있는 갈가마귀 한 마리, 거룩한 옛날의 그것이;
최소한의 경의도 표하지 않았다 그가; 일 분도 멈추거나 가만히 있
지 않았다;
오히려, 영주 혹은 귀부인의 거동으로, 자리잡았다 내 방문 위에ㅡ
자리잡았다 내 방문 바로 위 팔라스 흉상에ㅡ
자리잡았고, 앉았고, 그뿐.

그러고는 이 흑단 새, 내 슬픈 공상을 현혹시켜 미소 짓게 하면서,
그것이 지은 표정의 그 심각하고 엄격한 예의로 말이지,
"비록 그대 볏이 깎이고 밀렸으나, 그대가," 내가 말했다. "분명 비
겁하지는 않을 터,
무시무시하게 암울한 고대의 갈가마귀, 밤의 해변을 헤매다 온ㅡ
말해다오 그대의 위풍당당한 이름이 무엇인지, 밤의 플루토 해변
에서!"
이런다 그 갈가마귀, "두 번 다시는 결코"
무척 내가 놀랐다 이 볼품없는 새가 말을 그리 분명하게 알아듣는
것에,
비록 그 대답 별 의미 없었지만ㅡ별로 타당하지 않았지;
왜냐면 우리가 동의할 밖에 없다 살아 있는 인간 그 누구도
아직까지 누린 적 없다 보는 축복, 새를 자신의 방문 위에서ㅡ

새 혹은 짐승을 자신의 방문 위 흉상에서 보는,

　　　　　"두 번 다시는 결코"라는 이름으로 말이다.

그러나 그 갈가마귀, 고독히 그 자기 만족의 흉상에 앉아, 말했다 오직

그 한 단어를, 마치 자신의 영혼을 그 한 단어에 그가 정말 쏟아부은 것처럼.

그 이상 아무것도 그러고는 그가 발설하지 않았다― 깃털 하나 그러고는 그가 퍼덕이지 않았다―

급기야 내가 가까스로 중얼거림보다 더 나아갔다, "다른 친구들이 날아갔지 전에―

내일 *그가* 떠날 것이다 나를, 내 희망들이 전에 날아간 것처럼."

　　　　　그러자 그 새가 말했다, "두 번 다시는 결코."

깜짝 놀라, 고요가 깨진 것에, 그토록 적절하게 말해진 답변에 의해서 말이지,

"의심할 여지없이," 말했다 내가, "그 발언이 그것의 유일한 축적이고 저장이군,

어떤 불행한 주인한테서 포착한, 그를 무자비한 재앙이

추적했고 빠르게 추적했고 더 빠르게 추적했고, 급기야 그의 노래들이 지게 된 짐 하나가―

급기야 그의 희망의 만가들이 지게 된 그 우울의 짐이

　　　　　'결코―두 번 다시는 결코'의 그것이었고."

그러나 그 갈가마귀 여전히 내 모든 공상을 현혹시켜 미소 짓게 하니,

곧장 내가 바퀴 달린 등 받침 의자를 움직였다 새와, 흉상과 문 앞

으로;

그런 다음, 벨벳에 가라앉으며, 내가 할 수 없이 연결했다

공상을 공상에다, 생각하면서, 무엇을 이 불길한 옛날의 새가—

무엇을 이 음울한, 못생긴, 무시무시한, 수척한, 그리고 불길한 옛

날의 새가

뜻하느라 "두 번 다시는 결코"를 깍깍댔을까를.

이것을 내가 앉아서 골똘히 짐작했지만, 한 음절도 표현 안했다

그 새, 불같은 눈이 이제 내 가슴의 핵심 속으로 타들어 간 그것한테;

이것 그리고 그 이상을 내가 앉아서 점쳤다, 머리를 편하게 기대고,

등받이의 벨벳 안감 등잔 빛이 흐뭇해 하는, 그것에,

그러나 그 벨벳-보라 안감, 흡족해하는 등잔 빛 있는 그것에

*그녀*는 밀착, 아아, 못하리, 두 번 다시는 결코!

그러다가, 내 생각에, 공기가 더 짙어졌다, 보이지 않는 향로 향으로,

그것을 흔드는 치품천사의 발소리가 촘촘한 바닥에 짤랑댔고.

"불쌍해라," 내가 외쳤다, "네 하나님이 빌려주었구나 네게—이 천

사들로 그가 보냈구나 네게

일시 중단—일시 중단과 시름 잊는 약, 너의 레노어 기억 말이지;

벌컥 마시라, 오 벌컥 마시라고, 이 약을 그리고 잊으라고, 이 잃어

버린 레노어를!"

이런다 그 갈가마귀, "두 번 다시는 결코."

"예언자여!" 말했다 내가, "사악한 것!—그래도 예언자, 새든 악마

든!—

유혹자가 보냈든, 아니면 태풍이 그대를 여기 이 해변으로 던졌든,

황량하지만 일체 의연한, 이 마법 걸린 사막 땅으로—

이 공포가 출몰하는 집에— 말해다오 참으로, 내가 간청하노니—

있는가— 있는가 상처 치료 향유가 길레아드에?— 말해다오— 말해다오, 내가 간청하노니!"

　　　　　　　　　　　이런다 그 갈가마귀, "두 번 다시는 결코."

"예언자여!" 말했다 내가, "사악한 것!— 그래도 예언자, 새든 악마든!

우리 위로 몸 굽히는 저 천국을 걸고— 우리 둘 다 흠모하는 저 하나님 걸고—

말해다오 슬픔 가득한 이 영혼한테 혹시, 그 먼 낙원 안에서,

그것이 꽉 껴안게 될 것인지, 한 거룩한 처녀, 천사들이 레노어라 부르는 그녀를—

꽉 껴안게 될 것인지, 한 드물고 환히 빛나는 처녀, 천사들이 레노어라 부르는 그녀를 말이다."

　　　　　　　　　　　이런다 그 갈가마귀, "두 번 다시는 결코."

"그 말이 우리 헤어지는 표시로다, 새 혹은 적(敵)이여!" 내가 새된 소리로 말했다, 벌떡 일어나며—

"돌아가라 그대 태풍과 밤의 플루토 해변 속으로!

남기지 마라 검은 깃털 하나도 네 영혼이 말한 그 거짓의 증표로!

놔두라 내 고독을 부서지지 않은 채로!—물러나라 내 문 위 흉상에서!

꺼내가라 그대의 부리를 내 심장 밖으로, 그리고 떼어내라 그대 형태를 내 문에서!"

　　　　　　　　　　　이런다 그 갈가마귀, "두 번 다시는 결코."

그리고 그 갈가마귀, 결코 휙휙 안 다니고, 여전히 앉아 있다, *여전히* 앉아 있다,

창백한 팔라스 흉상, 내 방문 바로 위의 그것에;

그리고 그것의 눈 보기에 아무래도 악마의 그것 같다, 꿈꾸고 있는.

그리고 그것 위로 흐르는 등잔 빛이 던진다 그것의 그림자를 바닥에;

그리고 내 영혼이 저 그림자, 바닥에 누워 떠가는 그것 바깥으로

들어 올려지지 않을 것 — 두 번 다시는 결코!

율랄리―노래 하나

나 살았다 홀로
신음의 세상에,
그리고 내 영혼 고여 있는 조수(潮水)였다,
그 아름답고 상냥한 율랄리가 나의 얼굴 빨개진 신부 되기까지는―
노란 머리카락의 어린 율랄리가 나의 미소 짓는 신부 되기까지는.

아, 덜―덜 밝다
밤의 별들이
눈〔眼〕, 그 환희 빛나는 소녀의 그것보다!
그리고 결코 한 박편(薄片),
허황된 생각이
자주와 진주의 달- 색깔로 만들 수 있는 그것,
경쟁이 안 되지 겸손한 율랄리의 아주 등한시된 곱슬털과도―
비교가 안 된다 눈이 밝은 율랄리의 아주 소박하고 부주의한 곱슬
털과도.

이제 의심이―이제 고통이
오지 않는다 결코 다시,
왜냐면 그녀 영혼이 준다 내게 한숨 대(對) 한숨을,
그리고 하루 종일
빛난다, 밝고 강하게,
아스타르테가 하늘 안에서,
그러는 동안 늘 그녀의 소중한 율랄리 쪽으로 들어올리지 자신의

나이 지긋한 가정주부 눈을―

　그러는 동안 늘 그녀의 어린 율랄리 쪽으로 들어올리지 그녀의 보
라색 눈을.

밸런타인데이 카드

그녀 위해 이 시행들을 쓰니, 그녀 야광의 눈이,
　밝은 표정이기 레다의 쌍둥이와도 같이,
보게 될 것이다 그녀 자신의 달콤한 이름, 깃들며, 누운,
　이 페이지에, 모든 독자로부터 감싸여 누운 그것을.
촘촘히 찾아보라 이 시를, 왜냐면 그 안에 들어 있다 보물,
　신성한―부적― 호부(護符) 하나,
심장에 달아야 하는 그것이. 찾아보라 잘 그 운율;
　그 말―그 문자들 자체를. 잊지 말라
가장 사소한 요점도, 아니면 헛수고일 수 있으니.
　그렇지만 이 안에 전혀 없다 그 고르디오스의 매듭,
군도(軍刀) 없이 풀 수 없는 그것은,
　우리가 단지 그 플롯 이해할 수 있다면.
쓰여 있다 이 페이지, 그토록 열렬한
　눈들이 응시 중인 거기, 놓여 있다, 내 말이, *잠복하여*,
잘 알려진 이름 하나, 종종 발언되는, 시인들의
　귀에, 시인들에 의해; 시인의 이름이기도 하니까.
그 문자들, 비록 당연히 거짓말하지만―
　기사 핀토(멘데즈 페르디난도)처럼―
여전히 이루지 진실의 동의어를. 그치라 노력을!
　네가 읽지 못할 것이다 그 수수께끼, 네가 다하더라도, 최선
네 할 수 있는 최선을 말이다.

M. L. S−에게

모든, 당신의 현존을 아침으로 환호하며 맞는 이들 가운데─
모든, 당신의 부재가 자신한테 밤인 이들 가운데─
밤은, 완전히 지워버리는 거죠, 높은 천국에서
그 신성한 태양을─ 모든, 울면서, 당신한테 감사하는 이들 가운데,
시간마다 희망에, 생명에─아! 무엇보다,
부활, 깊이 묻힌 믿음,
진실에 대한, 미덕에 대한, 인간에 대한 그것의 부활에 감사하는─
모든, 절망의 부정(不淨)한 침대에
죽으려 눕다가, 갑자기 일어난 이들 가운데,
당신의 부드러운 속삭임, "빛이 있으라!"에,
그 부드러운 속삭임, 당신 눈의 그 치품천사
눈짓으로 실현된 그것에 일어난 이들 가운데─
모든, 당신에게 많이 빚진 이들 가운데─그 감사가
거의 숭배를 닮은 이들 가운데─오, 기억하십시오
가장 진실된 자를─ 가장 열렬히 헌신하는 자를,
그리고 생각하십시오 이 약한 시행을 쓴 그─
그가, 그것들 쓰면서, 전율하며 생각한다는 것
자신의 영혼이 친교 중이라고, 천사들의 그것과 말입니다.

울랄루메—발라드 하나

하늘들 그것들 잿빛이고 멀쩡했다;
　　잎새들 그것들 바삭바삭하고 말라빠진 상태였다—
　　잎새들 그것들 시드는 중이고 말라빠진 상태였다:
밤이었다, 쓸쓸한 10월,
　　나의 가장 태곳적 년도의:
매우 가까웠다 오베르의 흐린 호숫가에서,
　　안개 깊은 중앙 지대, 와이어의—
내려가 오베르의 눅눅한 호숫가였다,
　　송장 먹는 귀신 출몰 삼림지대, 와이어의.

여기서 한때, 오솔길, 엄청난,
　　사이프러스들의 그것을 관통, 내가 배회했다 내 영혼과 함께—
　　사이프러스들의, 프시케, 내 영혼과 함께.
있었다 시절, 내 심장이 화산이기
　　화산암 재의 강들 같았다, 굴러가는—
　　용암들 같았다, 쉼 없이 굴리는,
제 유황 물살을 야아네크 아래로
　　궁극의 극지 풍토에서—
그것이 끙 소리내고, 그것들이 굴러갈 때에, 야아네크 산 아래로
　　영역, 북풍의 극(極)의 그것에서 말이지.

우리의 대화가 진지하고 멀쩡했었지만,
　　그러나 우리 생각들 그것들 중풍 걸리고 말라빠진 상태였다—

우리의 기억들 기만적이고 말라빠진 상태였지 —
왜냐면 우리가 몰랐다 달이 10월인 것을,
    그리고 우리가 주목하지 않았다 그해의 그날 밤을
    (아, 그해의 모든 밤들 중에서도 밤이었는데!) —
우리가 주의하지 않았다 오베르의 흐린 호수를
    (한때 우리가 아래 여기로 여행 왔었는데도) —
우리가 기억하지 않았다 오베르의 그 눅눅한 호수를,
    송장 먹는 귀신 출몰 삼림지대, 와이어의 그것도.

그리고 이제, 밤이 노경(老境)이고
    별시계가 아침을 가리켰는데 —
    별시계가 아침을 암시했는데 —
우리의 길 끝에서 액화성(液化性)이고
    안개 낀 광채 하나 태어났다,
그리고 그것에서 기적적인 초승달 모양 하나
    솟아나왔다 복제 뿔 달고 —
아스타르테의 금강석 박힌 초승달 모양,
    그 복제 뿔 뚜렷한.

그리고 내가 말했다: "그녀가 더 따스하지 다이아나보다;
    그녀가 굴러간다 한숨들의 창공 뚫고 —
    그녀가 맘껏 누린다 한숨들의 지대를.
그녀가 본 거야 눈물들 마르지 않은 것을
    이 뺨들, 거기서 벌레가 결코 안 죽는 그것들에서 말이지,
그리고 지나온 거야 사자자리 별들을,
    가리켜주려고, 우리에게 그 하늘로 가는 길을 —

하늘들의 레테 강 평화에로 가는—
올라간 거지, 사자자리 무릅쓰고,
　우리를 비추어주려고, 그녀의 밝은 눈으로—
올라갔어 사자자리 굴 꿰뚫고,
　사랑을 그녀 야광의 눈에 담고 말이지."

그러나 프시케가, 손가락을 올리며,
　말했다: "슬프게도 이 별을 나 안 믿어—
　그녀의 창백에 나 이상하게 신뢰가 안 가:
아아, 서둘러!—아아, 우리 꾸물대지 말자구!
　아, 날아!—우리 날자구!—그래야 하니까."
공포로 그녀가 말했다, 가라앉히며, 그녀의
　날개를, 그것이 먼지 속을 질질 끌 때까지—
고뇌로 흐느꼈다, 가라앉히며, 그녀의
　깃털들을, 그것들이 먼지 속을 질질 끌 때까지—
　그것들이 슬픔에 젖어 먼지 속을 질질 끌 때까지.

내가 대답했다: "이건 꿈꾸는 것에 불과해:
　우리 계속하자구 이 떨리는 빛으로!
　우리 멱감자구 이 수정의 빛으로!
그것의 시빌 같은 광휘가 활짝 웃고 있어
　희망을 갖고 아름다움으로 오늘 밤:—
　보라구!—그것이 깜박거리잖아 하늘 위로 밤 뚫고!
아아, 우리가 안전하게 의지할 수 있어 그것의 빛남에,
　그리고 자신할 수 있어 그것이 우리를 옳게 이끌 것이라고—
우리가 확실히 의존할 수 있지 어떤 빛남,

우리를 옳게 이끌 밖에 없는,
　　깜박거리며 밤 뚫고 천국으로 오르기에 그럴 밖에 없는 그것에.”

그렇게 내가 프시케를 달래고 입을 맞추었고,
　　유혹했다 그녀를 그녀의 침울 밖으로—
　　그리고 정복했다 그녀의 거리낌과 침울을;
그리고 우리가 지나갔다 조망의 끝에로,
　　그러나 멈췄다 어떤 무덤의 문에 막혀—
　　어떤 전설 있는 무덤의 문에;
그리고 내가 말했다—“뭐라고 써 있니, 여동생,
　　이 전설 있는 무덤의 문에?”
　　그녀가 대답했다:“울랄루메—울랄루메라고!—
　　지하 묘지야, 네 잃어버린 울랄루메의!”

그때 내 심장 그것이 잿빛 되고 멀쩡해졌다
　　잎사귀들, 바삭바삭하고 말라빠진 상태였던 그것들처럼—
　　잎사귀들, 시드는 중이고 말라빠진 상태였던 그것들처럼;
그리고 내가 외쳤다:“확실히 10월의
　　바로 *이* 밤이었어, 작년의,
　　내가 여행한 거—내가 이 아래로 여행한 것이!—
　　내가 아주 무서운 짐을 이 아래로 가져온 것이—
　　그해의 모든 밤들 중에도 이 밤에,
　　아, 어떤 악마가 꾀어낸 거지 나를 이리로?
잘 알겠어, 이제, 이 흐린 호수, 오베르의—
　　이 안개 짙은 중앙 지대, 와이어의—
잘 알겠다, 이제, 이 눅눅한 호수, 오베르의,

이 송장 먹는 귀신 출몰 삼림지대, 와이어의."

말했다 우리가, 그때, —둘이, 그때: "아아, 어쩌면
　　그 삼림지대 송장 먹는 귀신들이—
　　그 불쌍한, 그 자비로운 송장 먹는 귀신들이—
우리의 길 빗장 질러 완전 폐쇄하고 금하려고,
　　비밀, 이 불모의 산지에 놓여 있는 그것을—
　　이 불모의 산지에 숨겨져 있는 것을—금지하려고
끌어올린 거였을까, 한 행성의 유령을
　　지옥 변방, 달의 영혼들의 그것에서—
이 죄 많게 불꽃 내는 행성을
　　지옥, 행성의 영혼들의 그것에서?"

수수께끼

"좀체 우리가 볼 수 없지," 말씀하신다 솔로몬 저능아 씨가,
 "되다 만 생각을 가장 심오한 소네트에서.
 엉성한 것들 전부를 한목에 꿰뚫어 우리가 보잖나 즉시
  손쉽기 나폴리 보닛을 통해 보는 것과도 같이 —
  온갖 쓰레기 중에도 쓰레기를 통해! — 어떻게 숙녀가 그걸 쓸 수
있지?
 하지만 훨씬 더 무겁다 자네의 페트라르카풍 물건보다는 —
 올빼미 솜털 같은 허튼소리, 자네가 암기하는 바로 그동안
  가장 약한 바람이 빙빙 돌려 트렁크 종이에 처박는 그것보다야."
 그리고, 진실로, 솔이 옳다 충분히.
 일반적인 터커맨* 짓거리들은 순전한
 거품들이지 — 덧없고 *그리* 투명하다 —
 그러나 *이것이*, 이제, — 네가 그것에 기대도 된다 —
 견실하다, 불투명하다, 불멸이다 — 모두 그
 소중한 이름, 그 안에 숨겨져 있는 그것들 덕분에.

* Henry Theodore Tuckerman(1813~1871). 1845년 『민주주의 리뷰』지에 가
벼운 소네트들을 발표했다.

━ ━ ━에게

얼마 전에, 이 시행들의 작가가,

미친 오만, 총명의 그것으로,

계속 주장했다 "말〔言〕의 권능"을━ , 부인했다 언제든

인간 두뇌 안에서 생겨난 생각이

인간 혀의 발설 너머였던 적 있다는 것을;

그리고 이제, 마치 그 허풍의 조롱으로인 듯,

두 단어━부드러운 2음절 외국어 두 개━

이탈리아 어조들, 오직 속삭여질 밖에 없는,

천사, 꿈꾸는 장소가 달빛 비친 "이슬,

진주 사슬처럼 헤르몬 언덕에 매달린 그것"속인 그들에 의해 그럴 밖에 없는 그것이━

휘저었다 그의 심장의 깊은 구렁에서

생각 아닌 것 같은 생각들, 생각의 영혼들인,

더 풍부한, 훨씬 더 야생인, 훨씬 더 신성한 비전들인,

심지어 그 치품천사 하프 연주자, 이스라펠이,

그가 지닌 것이 "하나님의 모든 피조물 가운데 가장 달콤한 목소리" 였건만,

입 밖에 낼 희망을 가질 수 있던 것보다 더 그런 생각들을. 그리고 나! 나의 주문 깨졌다.

펜이 떨어진다 무력하게 내 떠는 손에서.

당신의 소중한 이름을 텍스트 삼아, 비록 당신 분부를 받았으나,

나 쓸 수가 없다━나 말하거나 생각할 수가 없다,

아아, 나 느낄 수가 없다; 왜냐면 아니다 느낌이,

이렇게 서 있는 거, 꼼짝 않고, 황금의
문지방, 꿈의 활짝 열린 대문의 그것에,
응시하는 거, 도취되어, 그 화려한 조망 아래로,
그리고 전율하는 거, 내가 보므로, 오른쪽을,
왼쪽을, 그리고 내내 그길 따라
자줏빛 물든 훈김 와중, 멀리
전망이 종료되는 곳까지 ― *당신만을 말이다.*

헬레네에게 (2)

내가 보았다 당신을 한 번 — 딱 한 번 — 몇 년 전에:
내가 말하면 안 되지 햇수가 얼마인지 — 하지만 많지는 *않다.*
7월 어느 날 한밤중이었다; 그리고
만월의 달, 그것이, 그대 자신의 영혼처럼, 치솟으며,
하늘 거쳐 오르는 다급한 경로를 추구했는데,
그것에서 떨어졌다 은빛 – 비단결 장막, 빛의 그것이,
고요와, 무더위, 그리고 잠으로,
위를 향한 얼굴, 천 송이
장미의 그것들에 그 장미들 자라던 곳이 마법 걸린 정원,
어떤 바람도 감히, 발끝으로 말고는, 휘젓지 않는 데였고 —
떨어졌다 위를 향한 얼굴, 이 장미들의 그것들에
이 장미들 내주었고, 사랑 – 빛과 맞바꾸어
자기들의 향기로운 영혼을 황홀의 죽음으로 —
떨어졌다 위를 향한 얼굴, 이 장미들의 그것들에
이 장미들 미소 지었고 죽었고 이, 도안에 따라 가꾼 화단에서, 넋을 잃고,
당신한테, 그리고 시(詩), 당신 현존의 그것 때문에 말이지.

온통 하얀 차림으로, 보라빛 둑에
내가 보았다 그대 반쯤 기대고 있는 것을; 다른 한편 달이
떨어졌다 위를 향한 얼굴, 장미들의 그것들에,
그리고 당신 자신 것에, 위를 향했지 그것 — 아아, 슬픔으로!

아니었나 운명, 7월의 이날 한밤중에―

아니었나 운명(그 이름 슬픔이기도 한),

내게 명하여 정원 대문 앞에 잠시 멈추고

그 잠자는 장미들의 향 숨 쉬게 했던 것이?

어떤 발걸음도 움직이지 않았다: 그 미움받는 세상이 모두 잤다,

오직 당신과 나 말고는. (오, 천국!―오, 하나님!

어찌나 나의 심장 뛰는지, 짝지으면서, 그 두 단어!

오직 당신과 나 말고는 말이지.) 내가 잠시 멈추었다― 내가 보았

다―

그리고 일순 모든 것들이 사라졌다.

(아아, 명심하라 이 정원 마법에 걸려 있었다!)

진주 같은 광채, 달의 그것 꺼졌다:

이끼 낀 둑과 구불구불한 길,

행복한 꽃과 투덜거리는 나무들,

보이지 않았다 더 이상: 장미 향 바로 그것이

죽었다 연모하는 공기의 품에 안겨.

모두― 모두 숨을 거두었다 당신 말고― 당신 이하 말고는:

오직 그, 신성한 빛, 당신 눈 속의 그것 말고는―

오직 그 영혼, 당신의 위로 들린 눈 속 그것 말고는.

나 보았다 오직 그것들을― 그것들이 세상이었다 내게.

나 보았다 오직 그것들을― 보았다 오직 그것들을 몇 시간 동안―

보았다 오직 그것들을 달이 졌을 때까지.

어떤 사나운 심장-역사가 쓰여 놓인 것 같았던가,

그 수정의, 천구(天球)들에!

어찌나 어둡던지 하나의 비통이! 그렇지만 어찌나 숭고하던지 하나

의 희망이!

어찌나 말없이 고요하던지 긍지의 바다가!
어찌나 대담하던지 야망이! 그렇지만 어찌나 깊던지 —
어찌나 깊이를 잴 수 없던지, 사랑 담을 능력이!

그러나 이제, 마침내, 소중한 다이아나 가라앉았다 시야에서,
서쪽 침상, 뇌운(雷雲)의 그것 속으로;
그리고 그대, 유령 하나, 안치하는 나무들 가운데
정말 미끄러지듯 사라졌다. 오직 당신의 두 눈이 남았다.
그것들 안 가고 싶어 한다 — 그것들 한 번도 아직 간 적 없다.
그날 밤 집으로 오는 내 외로운 오솔길 밝히며
그것들 떠나지 않았다 나를 (내 희망이 그랬던 것과 달리) 그 이래.
그것들 따라왔다 나를 — 그것들 이끌었다 나를 세월 거치며.
그것들 나의 목사들이다 — 그렇지만 나는 그것들의 노예다.
그들의 업무는 비추고 불붙이는 것 —
나의 의무, 구원받는 것, 그것들의 밝은 빛에 의해,
그리고 정화(淨化)하는 것, 그것들의 전깃불로,
그리고 성화(聖化)하는 거, 그것들의 극락 불로 말이지.
그것들이 채운다 내 영혼을 아름다움(이 희망이다)으로,
그리고 위로 멀리 천국에 있다 — 별들, 내가 향하여 무릎 꿇는,
그 슬픈, 말없는 망보기, 내 밤의 그것들로 말이다;
다른 한편 낮의 자오선 섬광에서도
내가 본다 그것들을 여전히 — 두, 달콤하게 불꽃을 내는
비너스들, 태양에 꺼지지 않는!

엘도라도

화사하게 차려입고,
여성에게 친절한 기사 하나,
양지와 그늘을
여행했었다 오래,
노래 하나 부르며,
엘도라도 찾아서.

그러나 그가 늙었다—
이 기사 그토록 용감했는데—
그리고 그의 가슴 위로 그림자 하나
쓰러졌다 그가 발견을
못했거든 전혀, 구역,
엘도라도처럼 생긴 그것을 말이지.

그리고, 그의 힘이
결국 약해지던 차에
그가 만났다 순례자 "그림자"를 –
"그림자야," 그가 말했다,
"어디에 있겠나—
이 엘도라도 땅이?"

"넘어야지 산맥,
달의 그것을,

내려가야지 그림자의 계곡 아래로
　　　　말 타고 가, 용감하게 말 타고 가,"
　　　　그림자가 대답했다. ―
"네가 엘도라도를 찾는 거라면!"

애니를 위하여

정말 다행이다! 최악의 고비가,
　위험이, 지나갔다,
그리고 오래 끌던 병
　끝났다 마침내—
그리고 열병, "살아가기"라 불리던 그것
　정복되었다 마침내.

애석하게도, 내가 안다
　내가 깎였다 내 힘의 털을,
그리고 아무 근육도 내가 움직이지 않는다
　대자로 누워 있으니—
하지만 상관없지!—기분이
　더 낫다 마침내.

그리고 내가 쉰다 너무나 태연히,
　지금, 내 침대에서,
그러니 누가 보더라도
　믿을지 몰라, 내가 죽었다고
놀랄지 몰라, 나를 보고,
　내가 죽었다 생각하면서.

불평하고 신음하는 자들,
　한숨짓고 흐느끼는 자들,

고요해졌다 이제,
　그 끔찍한 두근거림
심장에 두고: ─ 아, 그 끔찍한,
　끔찍한 두근거림!

질병 ─ 욕지기 ─
　무자비한 고통 ─
그쳤다, 열병,
내 두뇌를
　미치게 했던 그것과 함께 ─
열병, "살아가기"라 불리던,
　내 두뇌 속에서 타던 그것과 함께.

그리고 오! 모든 고문들 중에
　그 고문 최악의 그것
줄었다 ─ 그 무시무시한
　고문, 갈증의,
　나프탈렌 강, 저주받은 열정의 그것 향한 갈증의: ─
내가 마셨다 어떤 물,
　온갖 갈증 끄는 그것을: ─

어떤 물, 흐르는,
　자장가 소리로,
지하 단 몇 피트
　샘에서 ─
지하 아래

아주 멀지는 않은 동굴에서 말이지.

그리고 아! 결코
  어리석게 말 퍼뜨리지 말라
내 방 그것이 음울하고
  좁다고, 나의 침대;
왜냐면 사람이 한 번도 잔 적 없다
  다른 침대에서—
그리고, *자려면*, 잠들어야 하지,
  바로 이런 침대에서.

내 감질난 정신이
  여기서 단조롭게 휴식한다,
잊으며, 혹은 결코
  후회 안하며, 자신의 장미들을—
자신의 옛 동요(動搖),
  도금양과 장미들의 그것을 말이지:

왜냐면 지금, 그토록 조용히
  누워 있는 동안, 그것이 믿는다
어떤 더 거룩한 향기가
  주변에 퍼졌다고, 팬지의—
로즈마리 향기,
  팬지와 뒤섞인—
화환 및 그 아름다운
  청교도 팬지들과 말이지.

그리고 그래서 그것 누워 있다 행복하게,
  먹 감으며, 숱한
꿈, 진실의 그것과
  애니의 아름다움의 그것으로―
푹 잠겨, 욕조,
  애니의 머릿단의 그것에 말이지.

그녀가 다정하게 입 맞추었다 내게,
  그녀가 애정을 듬뿍 담고 껴안았다,
그러고 나서 내가 부드럽게 들었다
  잠, 그녀 젖가슴 위에서―
깊게 잠들었다
  그녀 젖가슴의 천국으로부터.

불이 꺼졌을 때,
  그녀가 덮었다 나를 따뜻하게,
그리고 기도했다 천사들에게
  지켜달라고, 나를 해(害)로부터―
천사들의 여왕에게
  보호해달라고 나를 해로부터.

그리고 나 누워 있다 너무나 태연히,
  지금, 나의 침대에,
(아니까, 그녀의 사랑을),
  그래서 네가 믿지 나 죽었다고―

그리고 나 쉬고 있다 너무나 태연히,
　지금, 나의 침대에서
(그녀의 사랑을 내 가슴에 두고),
　그래서 네가 믿지 나 죽었다고—
그래서 네가 몸서리치지 나를 보고,
　생각하니까, 나 죽었다고:—

그러나 나의 심장 그것이 더 밝다
　그 모든 숱한,
하늘의 별들보다,
　왜냐면 그것이 반짝인다 애니로—
그것이 작렬한다 빛,
　나의 애니의 사랑의 그것으로—
생각, 나의 애니의
두 눈의
　빛 생각으로.

나의 어머니에게

왜냐면 제 느낌에, 저 위 천국에서,
　천사들이, 서로에게 속삭이며,
알 수 있는, 그들의 불타는, 사랑의 용어들 가운데,
　없을 것 같아요 헌신적이기 "어머니"만한 게,
그래서 그 소중한 이름으로 제가 오래 불러왔지요 당신을—
　당신, 제게 어머니 이상(以上)인,
　그리고 제 심장 중에 심장을 채우는, 왜냐면 거기다 죽음이 당신
을 자리잡게 했어요
　나의 버지니아의 정신을 날려 보냄으로
나의 어머니—내 자신의 어머니는, 일찍 돌아가셨는데,
　나 자신의 어머니일 뿐이었죠; 그러나 당신은
어머니세요, 내가 그토록 끔찍이 사랑했던 사람의,
　그리고 그렇게 더 소중합니다 제가 알던 어머니보다
그 무한, 그것으로 제 아내가
　제 영혼에 그것의 영혼-생명보다 더 소중했던, 그 무한으로 하여.

애너벨 리

여러 해 하고도 여러 해 전,
  바닷가 한 왕국에,
한 처녀가 살았다 네가 알지도 모르지
  이름이 애너벨 리였다;
그리고 이 처녀 그녀가 살았다 다른 생각 전혀 없이
  나를 사랑하고 내 사랑 받는 것 말고는.

*내*가 아이였고 *그녀*가 아이였다,
  이 바닷가 왕국의,
그러나 우리 사랑했다 사랑 이상(以上)인 사랑으로—
  나와 나의 애너벨 리—
사랑, 천국의 날개 달린 치품천사들이
  그녀와 나를 시샘한 그것으로.

그리고 이런 까닭에, 오래전,
  이 바닷가 왕국에,
바람이 구름에서 불어와, 차게 식혔지
  나의 아름다운 애너벨 리를;
그래서 그녀의 고귀한 태생 친척들이 왔고
  빼앗아 갔다 그녀를 내게서,
그리고 가둬버렸지 그녀를 돌무덤에,
  이 바닷가 왕국의.

천사들, 천국에서 반 만큼도 행복하지 않았으니,
　　시기하게 된 거였다 그녀와 나를:—
맞다!—그게 이유였다(모든 사람들이 알듯이,
　　이 바닷가 왕국의)
바람이 밤을 틈 타 구름에서 나와,
　　차게 식히고 죽인, 나의 애너벨 리를 말이다.

하지만 우리의 사랑 그것이 훨씬 더 강했지 사랑,
　　우리보다 더 나이 먹은 사람들의 그것보다—
　　우리보다 훨씬 더 현명한 많은 이들의 그것보다—
그리고 위로 천국의 천사들이건,
　　아래로 바다 밑 악마들이건,
단 한 번도 떼어낼 수 없다 나의 영혼을 영혼,
　　아름다운 애너벨 리의 그것에서:—

왜냐면 달이 비추면 반드시, 가져다준다 내게 꿈,
　　아름다운 애너벨 리의 그것들을;
그리고 별들이 뜨면 반드시, 내가 느낀다 그 밝은 눈[眼],
　　아름다운 애너벨 리의 그것을:
그리고 그래서, 밤 밀물 내내, 내가 누워 있다 곁,
나의 사랑하는—나의 사랑하는—나의 생명이자 나의 신부 곁에,
　　거기 바닷가 돌무덤의—
　　소리 나는 바닷가 그녀 무덤의.

종(鐘)들

I

　　들어봐 썰매 종소리—

　　　　　　　은종들이야!

어떤 떠들썩한, 유쾌한 세상을 그것들 선율이 예언하는지!

　　어찌나 그것들, 짤랑, 짤랑, 짤랑대는지,

　　　　얼음같이 찬 밤공기 속에!

　　다른 한편 별, 과하게 뿌리는

　　온통 하늘에 그것들 반짝이는 것 같은데

　　　　수정 같은 기쁨으로;

　　　　맞추며 장단, 장단, 장단을,

　　　　일종의 룬 문자 운율로,

그 딸랑딸랑, 그 딸랑딸랑 너무나 음악적으로 샘솟고,

　　종들, 종들, 종들, 종들,

　　　　　　종들, 종들, 종들에서—

　　딸랑 짓과 짤랑 짓, 종들의 그것에서 말이지.

II

　　들어봐 익어 향긋한 결혼식 종소리—

　　　　　　　황금종들이야!

어떤 행복의 세상을 그것들 화성이 예언하는지!

　　　향유 같은 밤공기 구석구석

　　　어찌나 그것들 울려대는지, 자기들의 기쁨을!—

주조(鑄造) 황금의 음들로부터,

그리고 모두 음조 맞추어,

어떤 액체 소곡이 떠가는지,

호도에, 귀기울이는, 달을 흐뭇해하는

중에도 귀기울이는 그것한테로!

오, 그 소리 나는 칸들에서

어떤 활(滑)음조 분출이 부피감 있게 샘솟는지!

어쩌나 그것 샘솟는지!

어쩌나 그것 거주하는지,

미래에!— 어쩌나 그것 말해주는지,

그 황홀, 밀어붙이는 그것에 대해

흔들림과 울림,

종들, 종들, 종들의—

종들, 종들, 종들, 종들,

종들, 종들, 종들의— 그것에로

운 맞추는 짓과 울리는 짓, 종들의 그것에로 밀어붙이는!

III

들어봐 시끄러운 자명종 소리—

놋쇠종들이야!

어떤 공포 이야기를, 지금, 그것들의 난류(亂流)가 말해주는지!

밤의 깜짝 놀란 귀에

어쩌나 그것들 비명 질러대는지, 그것들의 놀람을!

너무 겁에 질려 말을 못하니,

그것들 할 수 있는 거 고작 외마디 소리, 외마디 소리,

가락 안 맞는,

떠들썩한 호소, 불의 자비한테 하는 그것으로,
미친 간언, 귀먹고 광분한 불한테 하는 그것으로,
　　도약하면서 더 높이, 더 높이, 더 높이,
　　필사적인 욕망으로,
　　그리고 단호한 애씀으로
　　이제— 이제 앉으려, 결코 안 앉거나,
　옆구리, 얼굴 창백한 달의 그것에
　　　오, 종들, 종들, 종들!
　　어떤 이야기를 그것들의 공포가 말해주는지
　　　절망에 대해!
　어찌나 그것들 쨍그랑대는지, 부딪쳐대는지, 그리고 고함질
러대는지!
　　어떤 진저리를 그것들이 쏟아내는지,
　두근거리는 대기의 젖가슴에!
　　　그렇지만 귀, 그것이 온전히 안다,
　　　　그 팅 퉁김과
　　　　쨍그랑 소리로,
　　어찌나 위험이 밀려왔다 밀려갔다 하는지;
　　그렇지만 그 귀가 뚜렷하게 말해준다,
　　　　쨍그랑과
　　　　언쟁으로,
　어찌나 위험이 가라앉고 부풀어오르는지,
　가라앉음 혹은 부풂, 종들의 분노 속 그것으로—
　　　　종들의—
　　　종들의, 종들의, 종들의, 종들의,
　　　　종들의, 종들의, 종들의—

종들의 떠들썩함, 땡그랑땡그랑 속 그것으로 말이지!

IV
　　　들어봐 조종 치는 소리 —
　　　　　　　쇠종들이야!
어떤 숭고한 생각의 세계를 그것들의 단선율이 강제하는지!
　　　밤의 침묵 속에,
　　　어찌나 우리가 떠는지, 놀람으로,
　　그것들 음조의 우울 협박에!
　　　그것들 목구멍 속 녹(綠)에서
　　　떠가는 소리마다
　　　　　　　신음이다.
　　　그리고 사람들 — 아, 사람들 —
　　　그들, 위로 뾰족탑에서 사는,
　　　　　　　일체 홀로,
　　그리고, 조종 치며, 조종 치며, 조종 치며,
　　　그 낮춘 단조로운 소리에서
　　영광을 느끼는, 그렇게 인간 가슴 위에
　　　돌멩이를 굴리는 것으로 말이지 —
　그들은 남자도 여자도 아니다 —
　그들이 야수도 인간도 아니다 —
　　　　　그들이 송장 먹는 귀신이다: —
　　그리고 그들의 왕이다 조종을 치는 것이: —
　　그리고 그가 소리낸다, 소리낸다, 소리낸다,
　　　　　소리낸다
　　찬가 한 곡을 종들에서!

그리고 그의 즐거운 가슴이 부푼다
　종들의 찬가로!
　그리고 그가 춤추고, 그가 고함친다;
맞추며 장단, 장단, 장단을
일종의 룬 문자 운율로,
　찬가, 종들의 그것에—
　　　　종들의:—
맞추며 장단, 장단, 장단을,
일종의 룬 문자 운율로,
　두근두근, 종들의 그것에—
종들, 종들, 종들의—
　흐느낌, 종들의 그것에—
맞추며 장단, 장단, 장단을,
　그가 조종 울리는, 조종 울리는, 조종 울리는 때에,
행복한 룬 문자 운율로,
　우르르 소리, 종들의 그것에—
　종들, 종들, 종들의—
　침, 종들의 그것에—
　종들, 종들, 종들, 종들,
　종들, 종들, 종들의—
불평 짓과 신음 짓, 종들의 그것에 말이지.

에드거 앨런 포, 미국 문학 등장인물 햄릿

실패를 끝까지 밀어붙이는 것이 시적 '모던'의 가장 중요한 특성 가운데 하나라는 황현산의 다소 과격한 주장을 따르자면 포만큼 '모던'의 전형에 들어맞는 시인도 없을 것 같다. 내용과 형식의 불일치, 한 여인에 대한 평생의, 거의 중세-이상적인 집착과 잠복 중이던 현대에 피습 당한 정신 사이 분열을 불안하게, 불쾌하게, 그리고 대책 없이 무능해보일 정도로 그가 밀어붙이는 까닭이다. 「갈가마귀」, 「엘도라도」, 「애너벨 리」, 「종들」 등은 전 세계 시애호가들이 꼽는 최고의 시 10편 중에 흔히 드는 너무나 유명한 작품이지만 오히려 그가 지쳤거나 한쪽에 안착했을 때 쓰인 것이니 만년의 보상을 받았다고 해야 할지 아니면 평가를 전면적으로 뒤집어야 할지 두고 볼 문제다. 「타메를란」은 바이런의, 「알 아라프」는 셸리 「풀려난 프로메테우스」의, 「소네트-과학에게」는 블레이크의 영향을 받았다지만, 그리고 그의 시가 대체적으로 '사랑 = 아름다움 = 죽음'의 후기낭만주의 자장 안에 있다 하지만 정반대의, '금이 간 아름다움'이 셸리 및 블레이크 후기의 낭만-파괴적인 작품들조차 돌이킬 수 없이 낭만적으로 들리게끔 만든다. 선배 문인 에머슨과 후배 문인 휘트먼이 그의 시를 맹비난했다. 그들은 아메리카 신대륙 문학의 미래 틀을 짜느라 얼핏 오래된 문화에서나 가능하고 유의미한 앙팡 테러블에 신경 쓸 겨를이나 생각이 없었을 것이다. 영국의 동년배 시인 테니슨이 그를 극찬했다. 아메리카가 낸 가장 독창적인 천재. 라틴 시인 중 가장 선율적인 카툴루스, 그리고 가장 음조적인 독일 시인 하이네와 비견할 만하다······ 그러나 이 말은 영국 시문학사의 최대 재앙으로 불리는 바이런-셸리-키츠의 요절 그 후를 감당하기에는 너무 일찍 빅토리아-왕조-보수화해버린 자신의 처지에 대한 한탄 혹은 알리바이 날조 혐의가 다분하다. 그의 시를 진정 필요로 했고, 제대로 활용하여 현대시의 진정한 장을 만든 이는 프랑스인 보들레르. 그는 평생 포의 작품을 번역 소개하면서 자신의 시작품을 통해 프랑스 시문학을 전대미문의 장으로 끌어 올렸다. 일부 미국 평론가들이 아직도 보들레르의 영어 번역 실력을 의심하며 '포가 운이 좋았던 것 아니냐'는 발언을 남발하지만 보들레르는 자신의 문학에 필요했으나 안 보였던 어떤 계단을 포의 작품에서 찾았고 참으로 감사하며 그것을 실제 이상의 제 것으로 키웠을 뿐이다. 그리고 거기서 포와 프랑스 문학의 호혜관계는 끝난다. 그 후 말라르메가 포를 '나의 위대한 선생'이라 부르지만 그가 쓴 시 '샤를 보들레르 무덤'의 무시무시한 감각-몸 내맡김에 비해 못지 않게 유명한 '에드거 포 무덤'이 꽤나 추상적인 것을 보면 그의 포 예찬은 보들레르 예찬을 위한 맛보기였을 가능성이 높고, '유일하게 흠잡을 데 없는 장인'이라는 앙드레 지드의 찬사는 공허하고 '심오하고 너무나 암암리에 박식하'다는 발레리의 평가는 뒷북 느낌이 완연하다.

그렇다. 포와 보들레르의 관계가 관건이다. 둘 다 깜깜하고 우울하고 염세적이기 짝이 없었지만, '에드거 앨런 포'라는 문제, 날것의 불안 혹은 불안정이 19세기 최고 수준의 복잡-명징성으로 형식-미학화하는 과정을 주시할 일이다.

그러나 더 중요한 것은, 우리의 '현대'가 탕진되지 않았고, 탕진될 수 없다는 점이고, 현대성을 탈피하면서(만) 형식미를 갖추는 비극을 경계하는 일이다.

「골든 트레저리(The Golden Greasury)」편자 폴 그레이브(Francis

Turner Palgrave, 1824~1897)와「옥스포드 잉글랜드 운문(The Oxford Book of English Verse, 1250~1900)」편자 퀼러쿠치(Arthur Thomas Quiller-Couch, 1863~1943)의 강건한, 대를 이은 빅토리아조 보수 반동 경향을 유념한다면, 에드거 앨런 포는 미국 문학의, 셰익스피어 아니라, 등장인물 햄릿이다.

2016년 2월

김정환(시인)